日語美食王

二版

游淑貞（YOYOYU）著

生動有趣的美食主題，
實際好用的日文！
學起來，一點都沒有負擔！

MP3

前書き（まえがき） 作者的話

日本的文化一直深深影響我們，尤其在飲食習慣與食材的應用上也有許多異曲同工之處，若能更深入瞭解其箇中精髓與典故，就會被其獨特飲食文化深深著迷與感動。

想起多年前在日本的留學時代，雖吃不起太高貴的極品日本料理，但為了顧及三餐都需色香味俱全，營養又要滿點的堅持之下，搜尋庶民美味可是每天必行「功課」。幾年下來的美食搜尋鍛鍊累積了豐富的日本美味心得。有感視覺帶動味蕾，食慾促進旺盛學習動力，因緣際會促使這本以「美食」為主題且結合日語學習的圖文書誕生。

本書精選了涵蓋了**日常生活上實用（常用）的句型**，以套用其相關**美食單字**方式**增進句型掌握與多樣性**，並輔以精美的照片對照，讓日語學習更精準及增進單字記憶。每個單元並補充多則相關的美食小知識作為延伸學習，讓您對許多常聽、常見卻搞不太清楚或易混淆的典故，有其正確的解說與認識。

這次本書改版，分別在**早餐、午餐、晚餐、下午茶、宵夜各增加一道食譜**，提供熱愛美食的讀者試著親手做做看，將美食帶上餐桌，又同時可以學到做料理的日文用語。

這是一本讓喜愛日本美食且同時想學好日語的朋友們，看了會刺激「食慾」+「學習」的日語學習「大補帖」。期望以美味連

結學習的一石二鳥妙
計，讓日語學習不再枯
燥乏味，導致興趣缺缺
半途而廢。好好「品嘗」
本書，讓你在瀏覽體驗道地的日
本美食之餘，又可以用正確流暢的日語
朗朗開口表達對日本料理的「酸、甜、
苦、辣、喜、怒、哀、樂」。

想吃日本的美味該怎麼表達？為何非這樣
享用不可？食材的出處典故？本書已幫您
做好萬全的整裡規劃，循序漸進多加利用，
絕對讓味蕾與日文力獲得雙重滿足與升級！

特別感謝所有協助本書企劃、校稿、設計的工
作同仁以及編輯、老師們，因為有你們專業
的支持、鼓勵和指導，讓本書順利得以
最佳面貌出版，非常謝謝！

游淑貞(YOYOYU)

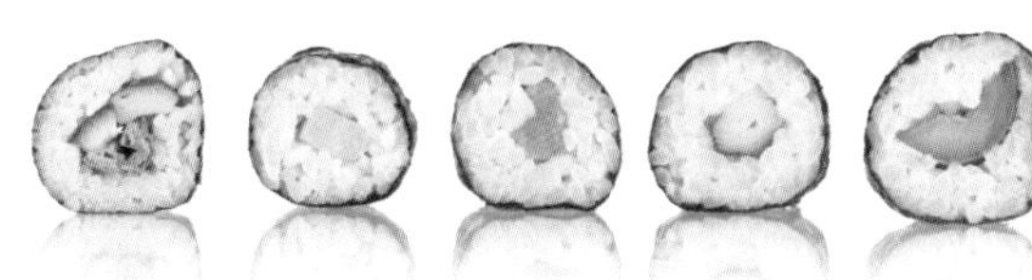

①早餐篇

②午餐篇

③晚餐篇

④下午茶篇

⑤宵夜篇

6 買菜與做菜篇

7 評論與稱讚篇

8 附錄

使い方 本書使用方法

【有聲學習】
由日本老師錄音，正統日語音調讓聽力能力提升，學習起來更有效率。

【活用句型】
每章節列舉數句生活中最常見的主要句型作為練習範例。

【精選單字+美味寫真】
主要句型下面皆附有數個常用單字提供套用練習，讓單一句型達到靈活運用、舉一反三的延伸學習效果。此外，搭配美食精美寫真讓學習更有印象不無聊，背誦單字更輕鬆。

【情境會話】
每章節皆附相關情境之會話範例，讓學習貼近日常生活。

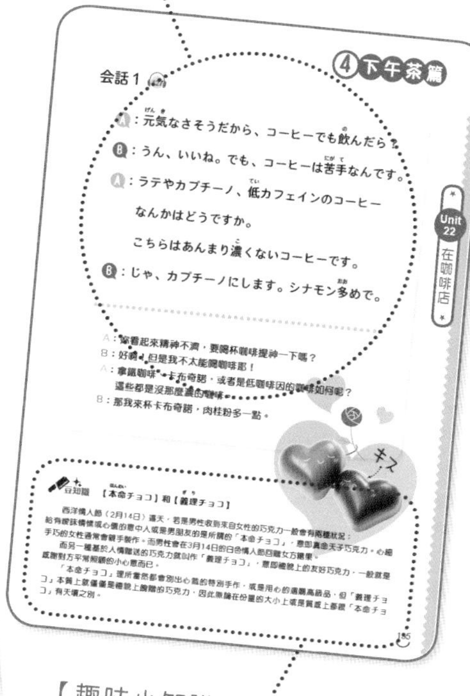

【趣味小知識】
針對常用易混淆的出處典故或是知識做進一步的說明與比較。

1

Unit 01 日式早餐

Unit 02 西式早餐

朝食には玉子焼きとご飯を食べます。

ちょう しょく / たま ご や はん / た

chō.sho.ku.ni.wa.ta.ma.go.ya.ki.to.go.han.o.ta.be.ma.su.

早餐吃煎蛋和白飯。

焼き魚ととろろ（や ざかな）

ya.ki.za.ka.na.to.to.ro.ro

烤魚和山藥泥

納豆と鮭の塩焼き（なっとう さけ しお や）

na.ttō.to.sa.ke.no.shi.o.ya.ki

納豆和鹽燒鮭魚

ぬか漬けと明太子（づ めんたいこ）

nu.ka.zu.ke.to.men.ta.i.ko

醃菜和明太子

梅干しと焼きのり（うめ ぼ や）

u.me.bo.shi.to.ya.ki.no.ri

醃梅子和燒烤海苔

ふりかけご飯とたくあん（はん）

fu.ri.ka.ke.go.han.to.ta.ku.an

香鬆飯和醃漬蘿蔔

朝(あさ)から温(あたた)かい物(もの)を食(た)べるのは体(からだ)にいいです。

a.sa.ka.ra.a.ta.ta.ka.i.mo.no.o.ta.be.ru.no.wa.ka.ra.da.ni.ī.de.su.

早上吃熱食對身體很好。

和食(わしょく)を食(た)べる
wa.sho.ku.o.ta.be.ru
吃日式料理

納豆(なっとう)を食(た)べる
na.ttō.o.ta.be.ru
吃納豆

焼(や)き魚(ざかな)を食(た)べる
ya.ki.za.ka.na.o.ta.be.ru
吃烤魚

玉子料理(たまごりょうり)を食(た)べる
ta.ma.go.ryō.ri.o.ta.be.ru
吃蛋作的料理

豆腐料理(とうふりょうり)を食(た)べる
tō.fu.ryō.ri.o.ta.be.ru
吃豆腐作的料理

豆乳(とうにゅう)を飲(の)む
tō.nyū.o.no.mu
喝豆漿

味噌汁(みそしる)を飲(の)む
mi.so.shi.ru.o.no.mu
喝味噌湯

熱(あつ)いスープを飲(の)む
a.tsu.i.sū.pu.o.no.mu
喝熱湯

豆知識　大豆三兄弟【納豆(なっとう)、豆腐(とうふ)、味噌(みそ)】

以大豆為原料的豆製品「納豆、豆腐和味噌」，是代表性的日本傳統食品，也幾乎是日本家庭每天不可缺少的國民食材。特別是發酵後散發獨特味道及黏稠絲狀物的納豆，是大多數日本人讚不絕口的超級健康美食。

納豆在經過發酵後產生的營養成分，除了有豐富的大豆優質蛋白質，還有抗菌及提昇免疫力效果，能增強心臟與血管能力及溶解血栓的功效。因此，納豆一直被認為是日本人健康長壽的食材之一。

003

朝(あさ)ごはんは生玉子(なまたまご)に醤油(しょうゆ)かけで決(き)まり！

a.sa.go.han.wa.na.ma.ta.ma.go.ni.shō.yu.ka.ke.de.ki.ma.ri.

早餐就是要吃生雞蛋淋醬油！

白(しろ)ご飯(はん)にふりかけ

shi.ro.go.han.ni.fu.ri.ka.ke

白飯灑香鬆

納豆(なっとう)に醤油(しょうゆ)かけ

na.ttō.ni.shō.yu.ka.ke

納豆淋醬油

麦(むぎ)ご飯(はん)に厚切(あつぎ)り大根(だいこん)煮(に)

mu.gi.go.han.ni.a.tsu.gi.ri.da.i.kon.ni

麥飯配滷厚切蘿蔔

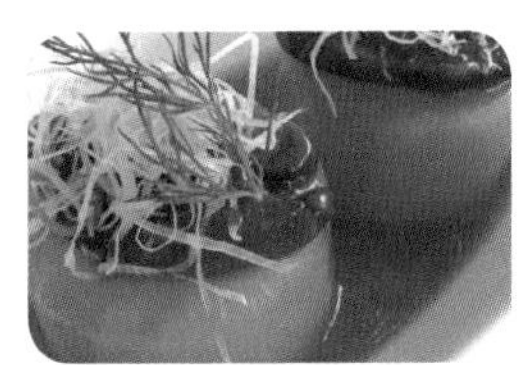

漬(つ)け物(もの)に筑前煮(ちくぜんに)

tsu.ke.mo.no.ni.chi.ku.zen.ni

醬菜配雞肉蔬菜滷

おにぎりとわかめ味噌汁(みそしる)

o.ni.gi.ri.to.wa.ka.me.mi.so.shi.ru

飯糰和海帶芽味噌湯

梅(うめ)おにぎりが食(た)べたいです。

u.me.o.ni.gi.ri.ga.ta.be.ta.i.de.su.

我想吃醃梅子飯糰。

しらすおにぎり
shi.ra.su.o.ni.gi.ri
吻仔魚飯糰

梅(うめ)しそおにぎり
u.me.shi.so.o.ni.gi.ri
紫蘇梅飯糰

さけおにぎり
sa.ke.o.ni.gi.ri
鮭魚飯糰

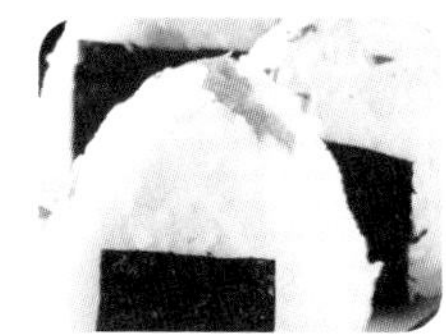

明太子(めんたいこ)おにぎり
men.ta.i.ko.o.ni.gi.ri
明太子飯糰

高菜(たかな)おにぎり
ta.ka.na.o.ni.gi.ri
芥菜飯糰

ツナマヨのおにぎり
tsu.na.ma.yo.no.o.ni.gi.ri
鮪魚美乃滋飯糰

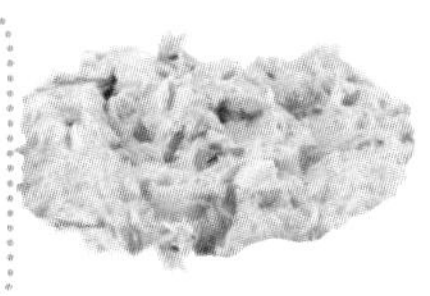

天(てん)むす
ten.mu.su
天婦羅飯糰

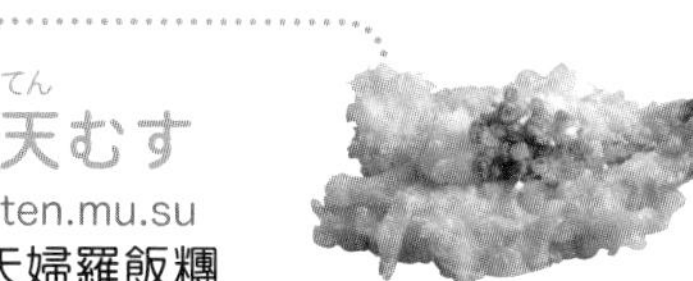

たらこおむすび
ta.ra.ko.o.mu.su.bi
鱈魚子飯糰

【たらこ】與【明太子】的差別：
兩者都是「スケトウダナ（明太魚）」的卵。在關東一般認為「たらこ」是鹽漬鱈魚子；「明太子」則是加了辣味的鹽漬鱈魚子。

豆知識　飯糰說法大不同【お握(にぎ)り】和【お結(むす)び】

一般來說，日本大部分稱飯糰為「お握り」，關東到東海道（不含東京都、神奈川縣）則稱之為「お結び」，但是依區域的不同還是有其差異。另外，日本人將飯糰捏成三（山）角形狀象徵山岳，也意謂感謝從大自然收穫來的恩惠是神明的庇蔭，所以一般認為「お結び」指的就是「三角形的『お握り』」。

除此之外，飯糰有丸狀、圓柱狀、圓盤狀等。圓形飯糰以九州地方較為常見；圓柱狀以關西地方為主；圓盤狀以東北地方為主。

会話1 005

A：ええ？朝(あさ)ごはんはあんパンですか。

B：ええ、そうなんです。今日(きょう)は時間(じかん)がなくて、でもきのうは菜(な)の花(はな)のおひたしと筑前煮(ちくぜんに)と味噌汁(みそしる)だったわよ。

A：栄養(えいよう)たっぷりですね！

B：もちろん。バランスよく食(た)べるのは健康(けんこう)の基本(きほん)ですもの。

A：咦？你今天吃紅豆麵包當早餐呀？
B：喔，是啊！因為今天沒什麼時間，但是昨天可是吃汆燙油菜花和雞肉蔬菜滷配味噌湯喔！
A：真是營養滿點！
B：那當然。健康的基礎就是要飲食營養均衡。

会話2 006

A：朝から熱い味噌汁を飲むと、体が温まるよね。

B：毎日味噌汁を飲んでも大丈夫ですか。

A：飲みすぎると塩分が心配ですけど、1日1杯程度だったら大丈夫でしょう。

A：一早若喝個熱騰騰的味噌湯，身體也跟著暖呼呼。
B：但味噌湯可以每天喝嗎？
A：若是喝太多了，可能要擔心有鹽分攝取過量的問題，但若是一天喝一碗則應該是OK的。

喝味噌湯能防癌！？

以黃豆為主，加上鹽發酵而成的「**味噌**」，在生產過程中會產生活性酵素，且含有大量的鐵、磷、鈣、蛋白質、維他命E和鉀，是營養價值很高的食品。因此「味噌」能預防高血壓並且防癌，也可以降低身體輻射積存，也能幫助消化和排泄，而高比例的鉀有助於身體鹼性化。

使對身體有這麼多益處的「**味噌**」也只宜限量食用，原因在於製作過程中會加入大量的鹽，所以鈉含量偏高，最好酌量食用。

既然「**味噌**」是以黃豆製成，那「**米みそ**」、「**むぎみそ**」、「**豆みそ**」又是什麼呢？「**米みそ**」是「**米麴+大豆**」；「**むぎみそ**」是「**麥麴+大豆**」；「**豆みそ**」是「**豆麴+大豆**」。所謂的「**赤味噌**」、「**白味噌**」則是發酵期的長短，而造成的顏色深淺的區別。

朝食（ちょうしょく）のトーストにぴったりなのはこのジャムです。

cyō.sho.ku.no.tō.su.to.ni.pi.tta.ri.na.no.wa.ko.no.ja.mu.de.su.

最適合搭配早餐吃的烤吐司是這種果醬。

食（しょく）パン
sho.ku.pan
（白）吐司

ベーグル
bē.gu.ru
貝果

フランスパン
fu.ran.su.pan
法國麵包

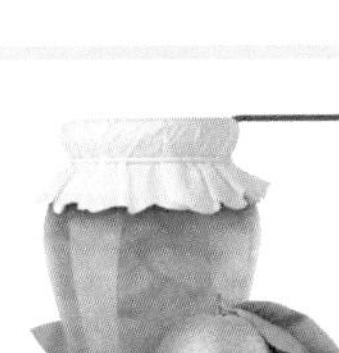

マーマレード
mā.ma.rē.do
柑橘類帶皮和果肉的果醬

ハチミツ
ha.chi.mi.tsu
蜂蜜

生（なま）クリーム
na.ma.ku.rī.mu
鮮奶油

ピーナッツバター
pī.na.ttsu.ba.tā
花生醬

クリームチーズ
ku.rī.mu.chī.zu
奶油起司

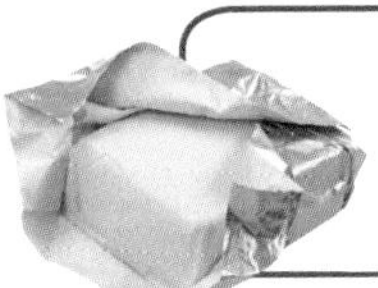

バター
ba.tā
奶油、牛油

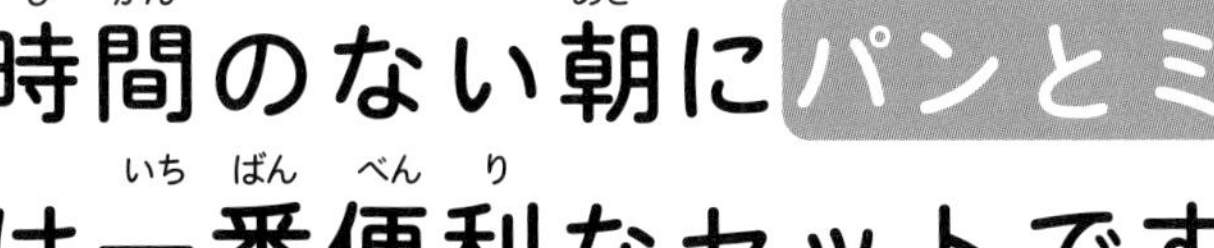

時間（じかん）のない朝（あさ）にパンとミルクは一番（いちばん）便利（べんり）なセットです。

ji.kan.no.na.i.a.sa.ni.pan.to.mi.ru.ku.wa.i.chi.ban.ben.ri.na.se.tto.de.su.

趕時間的早上麵包和牛奶是最便利的組合。

ワッフルとコーヒー
wa.ffu.ru.to.kō.hī
鬆餅和咖啡

クロワッサンとカプチーノ
ku.ro.wa.ssan.to.ka.pu.chī.no
可頌麵包和卡布奇諾

トーストとエスプレッソ
tō.su.to.to.e.su.pu.re.sso
烤吐司和義式濃縮咖啡

バターロールとカフェオレ
ba.tā.rō.ru.to.ka.fe.o.re
奶油餐包和咖啡歐蕾

スコーンとミルクティー
su.kō.n.to.mi.ru.ku.tī
司康和奶茶

食(しょく)パンの上(うえ)に**ツナ**を載(の)せて食(た)べます。

sho.ku.pan.no.u.e.ni.tsu.na.o.no.se.te.ta.be.ma.su.

我在吐司麵包上放（罐裝）鮪魚吃。

ソーセージ
sō.sē.ji
香腸

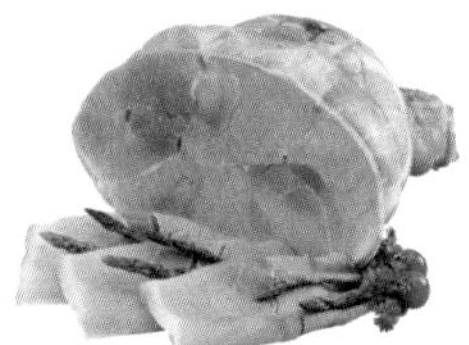

ハム
ha.mu
火腿

ベーコン
bē.kon
培根

チーズ
chī.zu
起司

半熟(はんじゅく)の目玉焼(めだまや)き
han.ju.ku.no.me.da.ma.ya.ki
半熟荷包蛋

固(かた)ゆで卵(たまご)
ka.ta.yu.de.ta.ma.go
水煮蛋

スクランブルエッグ
su.ku.ran.bu.ru.e.ggu
（西式）炒蛋

ポテトサラダ
po.te.to.sa.ra.da
馬鈴薯沙拉

麵包有耳朵？【パンの耳(みみ)】

在日本，切片吐司麵包的茶色外皮邊邊有個超級可愛的名稱叫「パンの耳」（麵包的耳朵）。「耳」一詞在日文裏也可以指物體邊緣或邊界交接處，除了吐司麵包之外也使用在織物或是紙張上。

每朝必ず牛乳（ミルク）を飲みます（食べます）。

まい あさ かなら ぎゅう にゅう の た

ma.i.a.sa.ka.na.ra.zu.gyū.nyū.(mi.ru.ku).o.no.mi.ma.su.(ta.be.ma.su).

我每天早上一定要喝鮮奶。

野菜ジュース（やさい）
ya.sa.i.jū.su
果菜汁

生ジュース（なま）
na.ma.jū.su
鮮果汁

青汁（あおじる）
a.o.ji.ru
綠色蔬菜汁

ヨーグルト
yō.gu.ru.to
優格

果物（フルーツ）（くだもの）
ku.da.mo.no (fu.rū.tsu)
水果

サラダ
sa.ra.da
沙拉

シリアル
shi.ri.a.ru
麥片

コーンフレーク
kōn.fu.rē.ku
玉米片

豆知識　早餐吃香蕉有益減肥?!【朝食（ちょうしょく）バナナダイエット】

日本每隔一陣子就會大流行起某種減肥方法，像是吃番茄、納豆、蘋果等等。有一陣子許多日本女性也流行將香蕉當作早餐，據說是因為香蕉含有的三種天然糖分：蔗糖、果糖和葡萄糖，很容易被身體吸收進而轉換成身體所需能量，在早餐時或是運動時吃是最好的。

一根香蕉的熱量也比一餐飯的卡路里低上許多，早餐吃屬於高碳水化合物的香蕉可保持血糖水平，舒緩情緒對食物的慾念，富含的纖維質，有預防肥胖、便秘進而達到減重的效果。因此不妨學學日本人將好處多多的香蕉加進每天一早的必吃餐單中。

011

きちんと朝食を食べないと一日中**元気が出ない**です。

ki.chin.to.chō.sho.ku.o.ta.be.na.i.to.i.chi.ni.chi.jū.gen.ki.ga.de.na.i.de.su.

若沒好好吃早餐，會整天沒精神。

やる気が出ない ya.ru.ki.ga.de.na.i 提不起勁	体力がもたない ta.i.ryo.ku.ga.mo.ta.na.i 沒體力
調子が悪い chō.shi.ga.wa.ru.i 狀況差	体がだるい ka.ra.da.ga.da.ru.i 身體倦怠

会話1 012

A：朝ごはんを抜くと逆に太るのは本当ですか。

B：朝ごはんを抜くとお腹が減ります。

その分、昼と夜たくさん食べたくなります。

結局太ってしまうんです。

A：不吃早餐反而會變胖是真的嗎？

B：不吃早餐的話肚子會餓，然後變成午餐和晚餐想吃更多，
結果就是變胖。

会話2 013

A：朝食は和食派ですか、洋食派ですか。

B：私は洋食派です。パンが大好物で、毎日手作りのパンを食べています。

A：パンはいいですけど、カロリーが気になりますね。

B：大丈夫、パンは手作りでバターや砂糖などはあまり入れてないから。

A：你喜歡吃日式早餐還是西式早餐？
B：我喜歡西式早餐。因為很愛吃麵包，所以每天吃手工做的麵包。
A：麵包是不錯，但是熱量很令人在意！
B：沒問題的，因為是手工做的，奶油和砂糖等放得不多。

作ってみよう

パンケーキ

材料（3枚分）

薄力粉	150g
ベーキングパウダー	小さじ2
砂糖	40g
卵	1個
牛乳	130ml
油	少々

1. ボウルに薄力粉、ベーキングパウダー、砂糖を混ぜる。
2. 別のボウルに卵を割りほぐし、牛乳を加えて混ぜる。
3. （１）のボウルに（２）を加え、泡立て器で滑らかになるまでよく混ぜて生地を作る。

4 フライパンを熱して、生地を流して。約３分焼き、表面にプツプツと穴がでてきたら裏返し、約２分弱火のまま焼く。ふっくら焼けたら火からおろす。

5 器に盛り、バターを片面に塗って、メープルシロップをかけたら出来上がり！

2

午餐篇

おすすめは何(なん)ですか。

o.su.su.me.wa.nan.de.su.ka.

有什麼可以推薦的嗎？

おすすめは豚骨(とんこつ)ラーメンです。

o.su.su.me.wa.ton.ko.tsu.rā.men.de.su.

推薦菜色是豬骨拉麵。

看板(かんばん)メニュー
kan.ban.me.nyū
招牌菜

一番人気(いちばんにんき)メニュー
i.chi.ban.nin.ki.me.nyū
最受歡迎的菜

定番(ていばん)メニュー
te.i.ban.me.nyū
經典菜色

好評(こうひょう)なメニュー
kō.hyō.na.me.nyū
好評菜色

塩(しお)ラーメン
shi.o.rā.men
鹽味拉麵

醤油(しょうゆ)ラーメン
shō.yu.rā.men
醬油拉麵

味噌(みそ)ラーメン
mi.so.rā.men
味噌拉麵

野菜(やさい)ラーメン
ya.sa.i.rā.men
蔬菜拉麵

激辛(げきから)ラーメン
ge.ki.ka.ra.rā.men
超辣拉麵

五目(ごもく)ラーメン
go.mo.ku.rā.men
什錦拉麵

ねぎラーメン
ne.gi.rā.men
青蔥拉麵

チャーシューメン
chā.shū.men
叉燒拉麵

<ruby>何<rt>なに</rt></ruby>をトッピングしますか。

na.ni.o.to.ppin.gu.shi.ma.su.ka.

請問要什麼配料呢？

もやしをトッピングしてください。

mo.ya.shi.o.to.ppin.gu.shi.te.ku.da.sa.i.

配料請放**豆芽菜**。

ねぎ
ne.gi
蔥

のり
no.ri
海苔

わかめ
wa.ka.me
海帶芽

メンマ
men.ma
筍乾

バター
ba.tā
牛油

コーン
kō.n
玉米

<ruby>味<rt>あじ</rt></ruby><ruby>付<rt>つ</rt></ruby>け<ruby>卵<rt>たまご</rt></ruby>
a.ji.tsu.ke.ta.ma.go
滷蛋

キムチ
ki.mu.chi
韓國泡菜

豆知識　好吃的秘訣在湯頭【だし】

常見的拉麵湯底有：鹽味、醬油、豬骨與味噌這幾樣。近年來，拉麵業者為求新求變吸引更多顧客上門，拉麵的口味越來越多樣化，為標榜顛覆傳統口味或是創新，甚至會推出加入冰塊且夏季限定的消暑「冷」拉麵，或是用墨魚汁開發出湯底黑色的「墨魚拉麵」，堪稱另類的拉麵創意。

畫龍點睛的配料【トッピング】

一碗稱頭的拉麵除了主菜外，還會搭配各式各樣的配料讓整碗拉麵的份量和視覺效果更顯豐富，各位也可以隨個人喜好與需求，任意組合或是增減配料份量喔！

016

かき揚(あ)げそばをください。

ka.ki.a.ge.so.ba.o.ku.da.sa.i.

請給我炸什錦蕎麥麵。

きつねそば
ki.tsu.ne.so.ba
油豆腐蕎麥麵

たぬきそば
ta.nu.ki.so.ba
麵衣渣蕎麥麵

ざるそば
za.ru.so.ba
竹籠蕎麥麵

山(やま)かけそば
ya.ma.ka.ke.so.ba
山藥泥蕎麥麵

わかめそば
wa.ka.me.so.ba
海帶芽蕎麥麵

山菜(さんさい)そば
san.sa.i.so.ba
山菜蕎麥麵

おろしそば
o.ro.shi.so.ba
蘿蔔泥蕎麥麵

なめこそば
na.me.ko.so.ba
滑菇蕎麥麵

吃麵發出聲響比較好吃？！【音(おと)を立(た)てて食(た)べる方(ほう)がおいしい？】

日本人吃麵食時習慣發出較大的聲響。嚴格說來，日本人是先將麵隨著湯汁先一起吸入口中，然後才進行「吃」的動作。相較於我們的飲食習慣，不管吃飯或是吃麵食，用餐中若發出聲響會被認為是極失禮的認知有很大的不同。

日本人認為吃麵食時，大力的吸入麵條及湯汁才可以深刻的感受撲鼻香氣及絕佳口感，同時也是在讚揚廚師的美妙手藝，類似我們形容食物好吃到彈舌一樣，只是日本人的表達方式與我們不同。若是我們可以理解各種飲食文化的有趣差異，也就見怪不怪了。

私(わたし)はよく天(てん)ぷらうどんを食(た)べます。

wa.ta.shi.wa.yo.ku.ten.pu.ra.u.don.o.ta.be.ma.su.

我常吃天婦羅烏龍麵。

かけうどん
ka.ke.u.don
原味烏龍湯麵

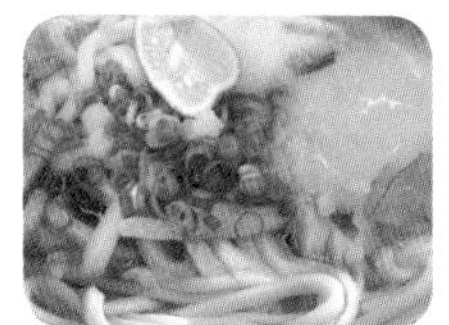

ぶっかけうどん
bu.kka.ke.u.don
醬汁烏龍麵

とろろうどん
to.ro.ro.u.don
山藥泥烏龍麵

カレーうどん
ka.rē.u.don
咖哩烏龍麵

月見(つきみ)うどん
tsu.ki.mi.u.don
月見烏龍麵

釜揚(かまあ)げうどん
ka.ma.a.ge.u.don
清湯熱烏龍麵

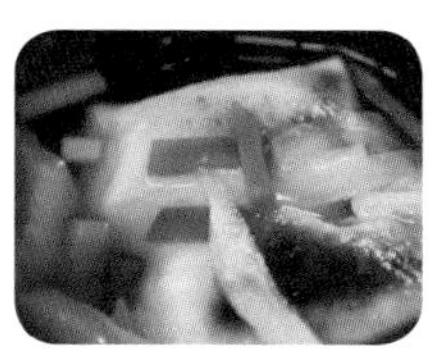

力(ちから)うどん
chi.ka.ra.u.don
年糕烏龍麵

鍋焼(なべや)きうどん
na.be.ya.ki.u.don
鍋燒烏龍麵

豆知識　冷熱通吃的烏龍麵！

烏龍麵有些是冷吃，有些則是熱食。

像是「生しょうゆうどん」、還有左圖的「ざるうどん」是吃冷的；「カレーうどん」、「きつねうどん」是吃熱的；但是有些是既可以吃冷的，也可以吃熱的，如：「ぶっかけうどん」、「とろろうどん」等等。

会話１ 018

A：今日(きょう)は何(なに)を食(た)べようかな。

B：ラーメンはどう？この近(ちか)くに新(あたら)しくオープンしたラーメン屋(や)がとてもおいしいんだって。

A：本当(ほんとう)？さっそく行(い)きましょう！

（ラーメン屋(や)で）

C：いらっしゃいませ。ご注文(ちゅうもん)をどうぞ。

A：私(わたし)は激辛(げきから)ラーメンにするけど、Bさんは？

B：激辛(げきから)ラーメンはお腹壊(なかこわ)しますよ。辛(から)いの苦手(にがて)じゃないの？野菜(やさい)ラーメンにしましょうよ。

A：最近(さいきん)、便秘(べんぴ)で悩(なや)んでいるので丁度(ちょうど)いいんです。

A：今天吃什麼呀？
B：吃拉麵怎麼樣？聽說這附近有一間新開的拉麵店非常好吃。
A：真的嗎？那趕快去吧！
（在拉麵店）
C：歡迎光臨！請問要點什麼呢？
A：我要超辣拉麵，你呢？
B：超辣拉麵會弄壞肚子的。你不是不能吃辣嗎？還是來一個蔬菜拉麵吧！
A：最近我正為便秘煩惱，剛好（藉機疏通腸胃一下）。

会話2 019

A：麺を硬めでお願いします。それと、替え玉はできますか。

C：はい、できます。別途料金をいただきますが、よろしいでしょうか。

A：はい、いいです。

C：こちらのお客さまは？

B：私の麺はやわらかめにゆでて、おろしにんにくを入れないでください。

A：我的麵要硬一點。另外可以加麵嗎？
C：好的。加麵的話要加錢，可以嗎？
A：好的。
C：那這位客人您呢？
B：我的麵要煮軟一點，請不要放蒜泥。

豆知識　何謂【替え玉】

「替え玉」用在不同的狀況裏有幾種意思，當在拉麵店吃拉麵時，在剩餘的湯汁裏再加一團（份）麵叫作「替え玉」。

有時大方一點的拉麵店家會在菜單上註記「替え玉無料」，意思就是加麵不用錢。不過要加（添）飯或是飲料續杯的日文用法則要說「おかわり」。

Unit 4 吃定食 

唐揚定食（からあげていしょく）はおいしそうです。

ka.ra.a.ge.te.i.sho.ku.wa.o.i.shi.sō.de.su.

炸雞塊定食看起來似乎很美味。

チキンカツ定食（ていしょく）
chi.kin.ka.tsu.te.i.sho.ku
炸雞排定食

焼（や）き肉定食（にくていしょく）
ya.ki.ni.ku.te.i.sho.ku
燒肉定食

焼（や）き魚定食（ざかなていしょく）
ya.ki.za.ka.na.te.i.sho.ku
烤魚定食

肉（にく）じゃが定食（ていしょく）
ni.ku.ja.ga.te.i.sho.ku
馬鈴薯燉肉定食

よさそう
yo.sa.sō
似乎很讚

まずそう
ma.zu.sō
似乎很難吃

高（たか）そう
ta.ka.sō
似乎很貴

鰻定食（うなぎていしょく）
u.na.gi.te.i.sho.ku
鰻魚定食

カキフライ定食（ていしょく）
ka.ki.fu.ra.i.te.i.sho.ku
炸牡蠣定食

酢豚定食（すぶたていしょく）
su.bu.ta.te.i.sho.ku
咕咾肉定食

チャーハン定食（ていしょく）
chā.han.te.i.sho.ku
炒飯定食

日替(ひが)わり定食(ていしょく)には飲(の)み物(もの)が付(つ)いていますか。

hi.ga.wa.ri.te.i.sho.ku.ni.wa.no.mi.mo.no.ga.tsu.i.te.i.ma.su.ka.

今日特餐有附飲料嗎？

カルビ焼(や)き肉(にく)定食(ていしょく)
ka.ru.bi.ya.ki.ni.ku.te.i.sho.ku
牛五花燒肉定食

焼(や)きそば定食(ていしょく)
ya.ki.so.ba.te.i.sho.ku
炒麵定食

肉野菜炒(にくやさいいた)め定食(ていしょく)
ni.ku.ya.sa.i.i.ta.me.te.i.sho.ku
肉片炒青菜定食

とんかつ定食(ていしょく)
ton.ka.tsu.te.i.sho.ku
炸豬排定食

豚(ぶた)の生姜(しょうが)焼(や)き定食(ていしょく)の出前(でまえ)をお願(ねが)いしたいんです。

bu.ta.no.shō.ga.ya.ki.te.i.sho.ku.no.de.ma.e.o.o.ne.ga.i.shi.ta.in.de.su.

我想叫薑汁燒肉定食外送。

さんま塩焼(しおや)き定食(ていしょく)
san.ma.shi.o.ya.ki.te.i.sho.ku
鹽燒秋刀魚定食

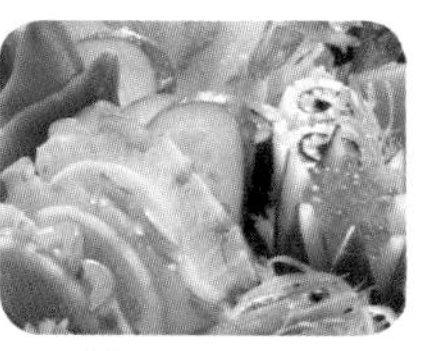

刺身(さしみ)定食(ていしょく)
sa.shi.mi.te.i.sho.ku
生魚片定食

鯖味噌煮(さばみそに)定食(ていしょく)
sa.ba.mi.so.ni.te.i.sho.ku
味噌青花魚定食

アジフライ定食(ていしょく)
a.ji.fu.ra.i.te.i.sho.ku
炸竹筴魚定食

会話１ 022

A：ハンバーグカレー定食（ていしょく）のお持（も）ち帰（かえ）りはできますか。

B：はい、ご用意（ようい）できますが、少（すこ）し時間（じかん）がかかってもよろしいでしょうか。

A：どのくらいかかりますか？あまり時間（じかん）がないんで、できるだけ早（はや）くお願（ねが）いします。

B：かしこまりました。５分（ごふん）ほどでできますので、少々（しょうしょう）お待（ま）ちください。

A：咖哩漢堡排定食可以外帶嗎？
B：可以的。我們幫您現做，要花一點時間可以嗎？
A：請問要等多久？我趕時間，請盡量快一點。
B：好的，大概要等５分鐘，請稍候。

会話 2 023

A：最近、デカ盛りが流行ってますね！

B：本当ですね！刺身がいっぱい載っているデカ盛り定食が食べたいな～。

A：お刺身ですか？いいですね～♪。色々な味が味わえて、結構楽しめそうです。

B：そうでしょう！たくさん食べられると思うと、目がハートになっちゃいますね！

A：最近流行超大碗公食物耶！

B：就是說啊！真想吃有一大堆生魚片的超大碗公定食啊！

A：你喜歡生魚片啊？超大碗公真的很讚耶，能飽嚐各式各樣的生魚片，應該會吃得蠻盡興。

B：對啊！一想到可以吃很多，真是心花朵朵開啊！

豆知識　超級大碗的魅力【デカ盛り】【激盛り】【爆盛り】

超大碗公料理是指以極端爆多的食材放在超大尺寸的食器，跟相同菜色的一般份量相比之下 簡直是讓人咋舌的巨無霸，所以也有人以「激盛り」、「爆盛り」稱呼這種料理。

很多小餐館會推出屬於自己的招牌特色「デカ盛り」料理，某些店還有讓客人挑戰限時內吃完可免付錢的競賽。在推陳出新的結果下，份量與尺寸也越來越誇張。但是，只要你有一個什麼都裝得下的鐵胃，來吧！不妨挑戰一下，感受撐爆最高點的極限滋味。

大盛り天丼はお得です。

（おおもり てんどん とく）

o.o.mo.ri.ten.don.wa.o.to.ku.de.su.

大碗天婦羅蓋飯的價格很划算。

【丼】是指碗底較深碗口較大的碗，通常附有蓋子。

かつ丼（どん）
ka.tsu.don
炸豬排蓋飯

牛丼（ぎゅうどん）
gyū.don
牛肉蓋飯

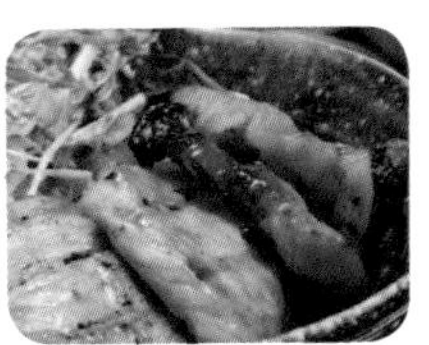

豚丼（ぶたどん）
bu.ta.don
豬肉蓋飯

かき揚げ丼（あ どん）
ka.ki.a.ge.don
炸什錦蓋飯

親子丼（おやこどん）
o.ya.ko.don
親子蓋飯

鮭いくら丼（さけ どん）
sa.ke.i.ku.ra.don
鮭魚親子蓋飯

★【親子】是指有親子關係的食材。
例如：雞肉和雞蛋。

安い（やす）
ya.su.i
便宜

手頃（てごろ）
te.go.ro
適當、恰恰好

あまり高くない（たか）
a.ma.ri.ta.ka.ku.na.i
不會太貴

高い（たか）
ta.ka.i
貴

勝利的丼【カツ丼（どん）】

炸豬排蓋飯的日文發音「ka.tsu」與日文中的「勝つ」（勝利）的發音相同，因此常常在考試或是比賽時，來上一碗炸的香酥脆的炸豬排蓋飯，一邊也祈禱吃了「カツ丼」可以諸事勝利！重要時刻來上一碗，有吃有保庇喔！

鰻丼(うなどん)を一(ひと)つ持(も)ち帰(かえ)りでお願(ねが)いします。

u.na.don.o.hi.to.tsu.mo.chi.ka.e.ri.de.o.ne.ga.i.shi.ma.su.

外帶一個鰻魚蓋飯。

まぐろ丼(どん)
ma.gu.ro.don
鮪魚蓋飯

3色(さんしょく)そぼろ丼(どん)
san.sho.ku.so.bo.ro.don
三色肉燥蓋飯

カレー丼(どん)
ka.rē.don
咖哩蓋飯

玉子丼(たまごどん)
ta.ma.go.don
雞蛋蓋飯

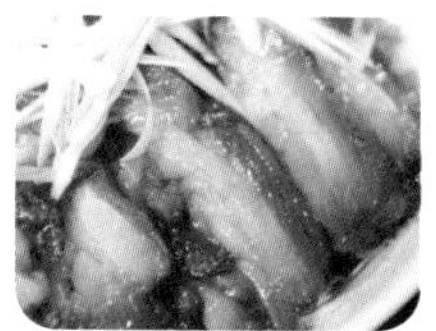

角煮丼(かくにどん)
ka.ku.ni.don
日式滷肉蓋飯

あなご丼(どん)
a.na.go.don
星鰻蓋飯

二(ふた)つ fu.ta.tsu 二個	三(みっ)つ mi.ttsu 三個
四(よっ)つ yo.ttsu 四個	五(いつ)つ i.tsu.tsu 五個

豆知識

什麼是蒲燒？【蒲焼(かばや)き】

蒲燒是指將長條型的魚類如鰻魚、星鰻、泥鰍等剖切後去骨，切成合適的長度再用竹籤串成一排，放在炭火上邊烤邊淋上以口味較濃厚的醬油、味醂、砂糖和酒等作成的醬汁的烤魚料理。而串成一串的形狀類似香蒲之穗所以叫作「蒲焼き」。

【土用(どよう)の丑(うし)の日(ひ)】

日本人會在夏天的「土用の丑の日」這一天吃鰻魚。鰻魚含有豐富的維生素A、E，夏天常吃可以消暑、增進食慾和提振元氣，所以夏天是日本人吃鰻魚的季節。

026

海鮮丼(かいせんどん)のご飯(はん)を少(すく)なめ（多(おお)め）にしてください。

ka.i.sen.don.no.go.han.o.su.ku.na.me.(ō.me).ni.shi.te.ku.da.sa.i.

海鮮蓋飯的飯少一點。

つくね丼(どん)
tsu.ku.ne.don
雞肉丸子蓋飯

ウニ丼(どん)
u.ni.don
海膽蓋飯

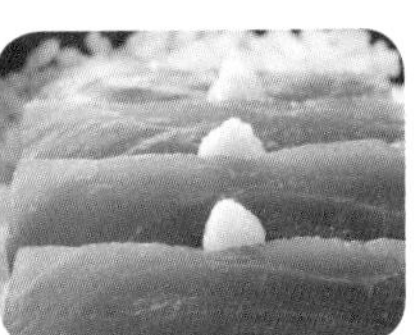

鉄火丼(てっかどん)
te.kka.don
鮪魚生魚片蓋飯

しらす丼(どん)
shi.ra.su.don
吻仔魚蓋飯

中華丼(ちゅうかどん)はすぐでき上(あ)がりますか。

chū.ka.don.wa.su.gu.de.ki.a.ga.ri.ma.su.ka.

中華蓋飯可以馬上做好嗎？

すき焼(や)き丼(どん)
su.ki.ya.ki.don
壽喜燒蓋飯

エビチリ丼(どん)
e.bi.chi.ri.don
辣味鮮蝦蓋飯

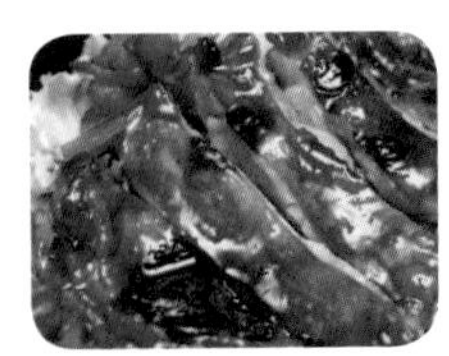

てり焼(や)き丼(どん)
te.ri.ya.ki.don
照燒雞肉蓋飯

焼(や)き肉丼(にくどん)
ya.ki.ni.ku.don
烤肉蓋飯

会話1 027

Ⓐ：しみこんだ甘辛いしょうゆダレで食欲をそそり、ご飯がすすみます。この牛丼なら、続けて３杯はいけますよ。

Ⓑ：一気に３杯も食べられるんですか。

Ⓐ：私の胃袋は大きいからいくらでも入ります。全然大丈夫です！

（言いながら食べています。）

Ⓐ：お代わりをお願いします。

（５分後）

Ⓑ：あっというまに３杯完食！大食いチャンピオン並みだ！（拍手）

A：入味的甜辣醬油風味醬汁很促進食慾，配飯可以吃很多。假如是這種牛肉蓋飯，我可以連續吃三碗。

B：你可以一口氣吃三碗？

A：因為我有一個什麼都裝得下的大胃。完全沒問題！

（邊說邊吃）

A：再來一碗！

（五分鐘後）

B：瞬間秒殺三碗！跟大胃王冠軍一樣強啊！（鼓掌）

カレーライスは簡単(かんたん)な料理(りょうり)です。

ka.rē.ra.i.su.wa.kan.tan.na.ryō.ri.de.su.

咖哩飯是簡單的料理。

カツカレー
ka.tsu.ka.rē
炸豬排咖哩飯

唐揚(からあ)げカレー
ka.ra.a.ge.ka.rē
炸雞塊咖哩飯

スープカレー
sū.pu.ka.rē
湯咖哩飯

コロッケカレー
ko.ro.kke.ka.rē
可麗餅咖哩飯

スパイシーカレー
su.pa.i.shī.ka.rē
辣味咖哩飯

マーボーカレー
mā.bō.ka.rē
麻婆咖哩飯

易(やさ)しい
ya.sa.shi.i
容易

手軽(てがる)な
te.ga.ru.na
簡單容易

難(むずか)しい
mu.zu.ka.shi.i
困難

複雑(ふくざつ)な
fu.ku.za.tsu.na
複雜

和風（わふう）カレーライスはありますか。

wa.fū.ka.rē.ra.i.su.wa.a.ri.ma.su.ka.

有沒有日式口味咖哩飯？

ビーフカレーライス
bī.fu.ka.rē.ra.i.su
牛肉咖哩飯

野菜（やさい）カレーライス
ya.sa.i.ka.rē.ra.i.su
蔬菜咖哩飯

シーフードカレーライス
shī.fū.do.ka.rē.ra.i.su
海鮮咖哩飯

ハンバーグカレーライス
han.bā.gu.ka.rē.ra.i.su
漢堡排咖哩飯

オクラカレーライス
o.ku.ra.ka.rē.ra.i.su
秋葵咖哩飯

ホタテカレーライス
ho.ta.te.ka.rē.ra.i.su
扇貝咖哩飯

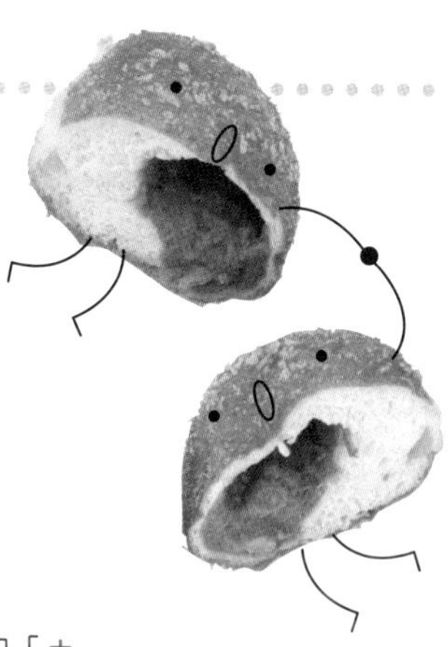

豆知識　日本人愛咖哩【カレー】

咖哩料理在日本是國民美食。為何會如此受到歡迎？是因為咖哩料理的作法很簡單，使用的食材也很親民，即使廚藝不好也不會失敗。一般作法就是將「カレールウ」（咖哩塊）和喜歡的「具材（ぐざい）」（食材）一起放進去煮就好了。咖哩料理通常有肉有菜營養滿點，因此常被票選為最受學生喜愛的人氣營養午餐排行榜榜首。

有別於正宗印度咖哩偏辣的重口味，日本口味的咖哩偏甜。日本還發展出各種屬於日本獨特風味的咖哩料理應用，如「カレーパン」（咖哩麵包）、「カレー南蛮（カレーなんばん）」（燴咖哩）、「カレーうどん」（咖哩烏龍麵）等。

030

この店（みせ）の辛口（からくち）カレーライスを食（た）べるとクセになります。

ko.no.mi.se.no.ka.ra.ku.chi.ka.rē.ra.i.su.o.ta.be.ru.to.ku.se.ni.na.ri.ma.su.

吃了這家店的辣口味咖哩飯會上癮。

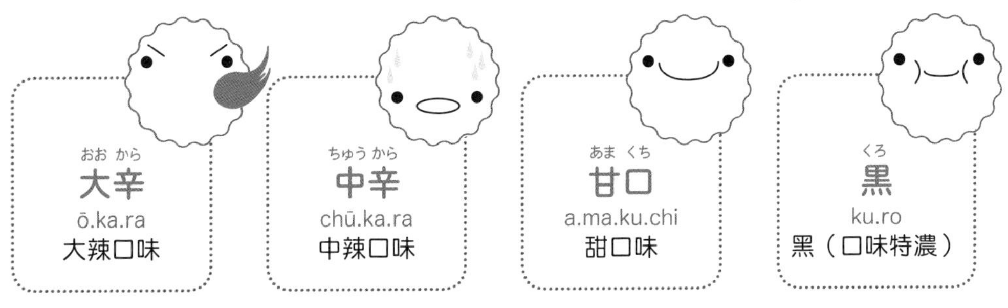

大辛（おおから）	中辛（ちゅうから）	甘口（あまくち）	黒（くろ）
ō.ka.ra	chū.ka.ra	a.ma.ku.chi	ku.ro
大辣口味	中辣口味	甜口味	黑（口味特濃）

牛角煮（ぎゅうかくに）スープカレーを食（た）べてみました。

gyū.ka.ku.ni.sū.pu.ka.rē.o.ta.be.te.mi.ma.shi.ta.

我嘗試吃了燉煮牛肉塊湯咖哩。

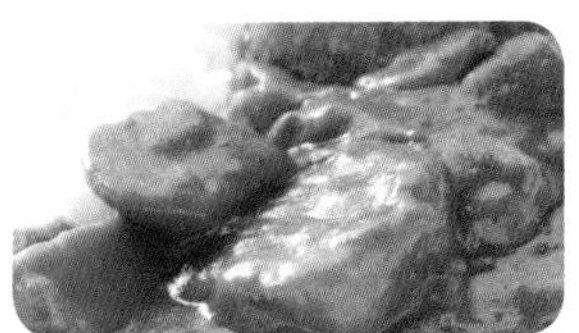

豚角煮（ぶたかくに）カレー

bu.ta.ka.ku.ni.ka.rē

燉煮豬肉塊咖哩

野菜（やさい）とひき肉（にく）のカレー

ya.sa.i.to.hi.ki.ni.ku.no.ka.rē

蔬菜絞肉咖哩

フルーツカレー

fu.rū.tsu.ka.rē

水果咖哩

会話1 031

A：カレーライスとカレーうどん、どっちが好き（す）きですか。

B：両方（りょうほう）とも大好（だいす）きですよ！あなたは？

A：私（わたし）はカレーライス派（は）ですよ。でも夏（なつ）はカレーライスで、冬（ふゆ）は寒（さむ）いからカレーうどんです。

B：そうですね。あつあつのカレーうどんを食（た）べると、体（からだ）の中（なか）からぽかぽかになりますよね。

A：咖哩飯和咖哩烏龍麵，你比較喜歡哪一個？
B：我兩個都喜歡。那你呢？
A：我喜歡咖哩飯。但是夏天天氣熱時吃咖哩飯，冬天天氣冷就吃咖哩烏龍麵。
B：說的也是。熱騰騰的咖哩烏龍麵吃下肚，身體馬上由內而外都變得暖呼呼。

豆知識　市售咖哩塊【ハウス食品（しょくひん）】

日本的House食品是以速食咖哩塊為主力產品的大型食品製造商。常見的咖哩塊品項為：

◎佛蒙特咖哩「バーモントカレー」：依照北美洲吃咖哩的習慣，佛蒙特咖哩加入了蘋果及蜂蜜來調味，讓咖哩吃起來的口感更香濃滑順，營養滿分。（甜味 / 中辣 / 辣味三種口味）

◎爪哇咖哩「ジャワカレー」：由許多種不同的香料，牛肉、洋蔥、蒜、酸辣醬、椰子和牛奶等材料熬煮而成的爪哇咖哩，口感清香爽口。（甜味 / 中辣 / 辣味三種口味）

◎印度咖哩「印度カレー」：用多種香料、牛肉汁及雞肉汁製作出來的口味濃郁咖哩。內附一包綜合香料，可視喜好添加，更添美味。（標準 / 辣味兩種口味）

この店(みせ)の人気(にんき)メニューはチャーハンです。

ko.no.mi.se.no.nin.ki.me.nyū.wa.chā.han.de.su.

這家店的熱門餐點是炒飯。

五目焼(ごもくや)きそば
go.mo.ku.ya.ki.so.ba
什錦炒麵

レバニラ炒(いた)め
re.ba.ni.ra.i.ta.me
豬肝炒韭菜

冷(ひ)やし中華(ちゅうか)
hi.ya.shi.chū.ka
中華涼麵

アンニン豆腐(どうふ)
an.nin.dō.fu
杏仁豆腐

【夏のみ】：夏日限定。

こしょうをかければ、もっとおいしくなりますよ！

ko.shō.o.ka.ke.re.ba,mo.tto.o.i.shi.ku.na.ri.ma.su.yo!

若加上胡椒粉，會更好吃喔！

しょうゆ
shō.yu
醬油

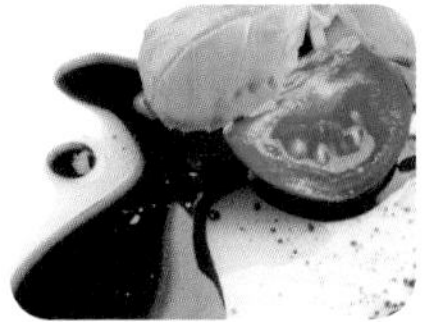

黒酢(くろず)
ku.ro.zu
黑醋

ラー油(ゆ)
rā.yu
辣油

七味(しちみ)
shi.chi.mi
七味辣粉

こちらのマーボー豆腐(どうふ)を試(ため)してみませんか。

ko.chi.ra.no.mā.bō.dō.fu.o.ta.me.shi.te.mi.ma.sen.ka.

要不要試試看這裏的麻婆豆腐？

酢豚(すぶた)
su.bu.ta
糖醋排骨

エビのチリソース
e.bi.no.chi.ri.sō.su
乾燒蝦仁

水(すい)ギョーザ
su.i.gyō.za
水餃

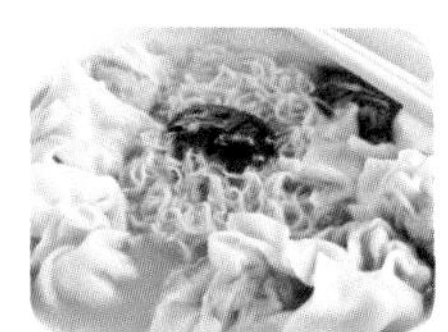

ワンタンメン
wan.tan.men
餛飩麵

中華(ちゅうか)がゆ
chū.ka.ga.yu
中式粥

ジャージャー麺(めん)
jā.jā.men
炸醬麵

カニ玉(たま)
ka.ni.ta.ma
芙蓉蟹

ホイコーロー
ho.i.kō.rō
回鍋肉

豆知識　餃子是配菜？【焼(や)き餃子(ぎょうざ)】

在日本，餃子是不折不扣的配菜角色，也就是所謂的「おかず」。通常是拿來配飯或是配拉麵，當然也可以單點，但不會拿來當作主食，通常都是搭配其它餐點成為套餐，甚至被拿來當作配酒的下酒菜。對拿餃子當主食的我們來說，也許是頗不習慣的突兀搭配，但不同文化造就出飲食認知的多元性。所以下次見到日本人拿餃子配飯，吃得津津有味時，可別太大驚小怪喔！

034

粽(ちまき)を食(た)べたことがありますか。

chi.ma.ki.o.ta.be.ta.ko.to.ga.a.ri.ma.su.ka.

有吃過肉粽嗎？

ない です。食(た)べて みたい です。

na.i.de.su. ta.be.te.mi.ta.i.de.su.

沒吃過。很想吃吃看。

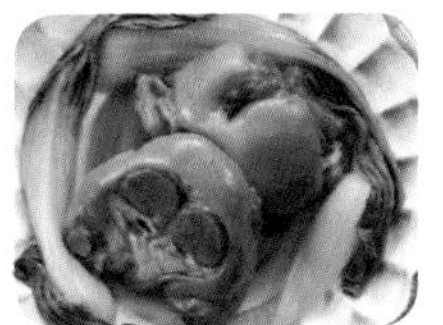

豚足(とんそく)
ton.so.ku
豬腳

タンタンメン
tan.tan.men
擔擔麵

牛肉麺(ぎゅうにくめん)
gyū.ni.ku.men
牛肉麵

パイコー飯(はん)
pa.i.kō.han
排骨飯

ピータン豆腐(どうふ)
pī.tan.dō.fu
皮蛋豆腐

空心菜炒(くうしんさいいた)め
kū.shin.sa.i.i.ta.me
炒空心菜

焼(や)きビーフン
ya.ki.bī.fun
炒米粉

激辛鍋(げきからなべ)
ge.ki.ka.ra.na.be
麻辣火鍋

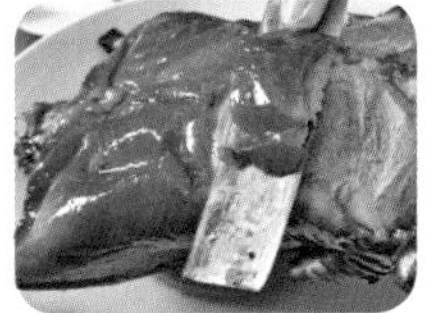

北京(ぺきん)ダック
pe.kin.da.kku
北京烤鴨

焼(や)きライスヌードル
ya.ki.ra.i.su.nū.do.ru
炒板條

マーボー春雨(はるさめ)
mā.bō.ha.ru.sa.me
螞蟻上樹

サンラータン麺(めん)
san.rā.tan.men
酸辣湯麵

出来立て（できたて）の肉（にく）まんの方（ほう）がおいしいです。

de.ki.ta.te.no.ni.ku.man.no.hō.ga.o.i.shi.i.de.su.

剛做好的肉包比較好吃。

あんまん
an.man
豆沙包

しゅうまい
shū.ma.i
燒賣

大根（だいこん）もち
da.i.kon.mo.chi
蘿蔔糕

ライスクレープ
ra.i.su.ku.rē.pu
腸粉

ショーロンポー
shō.ron.pō
小籠包

春巻（はるま）き
ha.ru.ma.ki
春捲

蒸（む）し餃子（ぎょうざ）
mu.shi.gyō.za
蒸餃

焼（や）き餃子（ぎょうざ）
ya.ki.gyō.za
煎餃

豆知識　中華街之寶【肉（にく）まん】

　　如果你到了著名的橫濱中華街，放眼望去，肯定會被整條街三步包子店五步還是包子攤的景象給震驚不已。

　　日本的肉包跟台灣的包子相比之下，除了口味與內餡食材因應日本人的喜好做了調整以外，尺寸的大小跟我們的有很大的不同，就是包子的個頭都非常大。拿著幾乎跟臉一樣大的包子邊吃邊逛，形成只有在中華街才有的趣味風景。

会話1 036

A：ヤムチャなら、どこがおいしくて安(やす)いか知(し)っていますか。

B：それなら横浜中華街(よこはまちゅうかがい)の店(みせ)をお薦(すす)めします。そこには味(あじ)も格別(かくべつ)で作(つく)り方(かた)も本格的(ほんかくてき)な店(みせ)がたくさんあります。

A：そこで、食(た)べておくべきものはなんですか。

B：大根(だいこん)もちやシューマイなどはとてもおいしいです。ほかにも色々(いろいろ)あります。

A：假如要吃港式飲茶的話，你知道哪裡有好吃又便宜的地方？

B：那我推薦橫濱中華街。那邊有很多味道很特別，做法很道地的店家。

A：有哪些非吃不可的經典菜色？

B：蘿蔔糕、燒賣等都非常好吃。還有其他各式各樣的選擇。

会話2 037

A：自分でマーボー豆腐を作りたいのですが、材料はどこで買えますか。

B：中華街で材料が買えます。

A：本当？じゃ、春巻きの材料もありますか。

B：あそこの食材雑貨店なら何でもありますよ！

A：じゃ、さっそく行きましょう！

A：想自己煮麻婆豆腐，要去哪裡買材料呢？
B：中華街就可以找到食材。
A：真的嗎？那做春捲的材料也有嗎？
B：那裏的食材雜貨店裏應有盡有！
A：那事不宜遲，現在馬上出發。

パスタのおいしい店(みせ)を紹介(しょうかい)して(教(おし)えて)ください。

pa.su.ta.no.o.i.shi.i.mi.se.o.shō.ka.i.
shi.te.(o.shi.e.te).ku.da.sa.i.

請介紹（告訴）我義大利麵好吃的店。

グラタン
gu.ra.tan
焗烤時蔬

ドリア
do.ri.a
焗飯

リゾット
ri.zo.tto
奶油燉飯

イカスミパスタ
i.ka.su.mi.pa.su.ta
義式墨魚麵

ペスカトーレ
pe.su.ka.tō.re
番茄海鮮義大利麵

ボンゴレビアンコ
bon.go.re.bi.an.ko
白酒蛤蜊麵

カルボナーラ
ka.ru.bo.nā.ra
奶油培根蛋麵

明太子(めんたいこ)パスタ
men.ta.i.ko.pa.su.ta
明太子義大利麵

豆知識　義大利麵說法大不同【スパゲッティ】和【パスタ】

「パスタ（Pasta）」是義大利麵的總稱，而「スパゲッティ」是「パスタ」的其中一種，就是一般常見的細長實心麵條。

由於美軍最早將義大利麵帶入日本時，就是「スパゲッティ」，所以在日本對「スパゲッティ（Spaghetti）」這個詞彙的認知度比較高，導致日本人廣泛認知（或誤解）成「パスタ」＝「スパゲッティ」。

おいしいスパゲッティの作り方が知りたいです。

o.i.shī.su.pa.ge.tti.no.tsu.ku.ri.ka.ta.ga.shi.ri.ta.i.de.su.

我想知道好吃義大利麵的做法。

ペペロンチーノ
pe.pe.ron.chī.no
蒜片辣椒義大利麵

ミートソーススパゲッティ
mī.to.sō.su.su.pa.ge.tti
番茄肉醤義大利麵

ナポリタン
na.po.ri.tan
拿坡里風味義大利麵

きのこのクリームパスタ
ki.no.ko.no.ku.rī.mu.pa.su.ta
野菇奶油義大利麵

ラザニア
ra.za.ni.a
肉醤千層麵

和風きのこスパゲッティ
wa.fū.ki.no.ko.su.pa.ge.tti
和風鮮菇義大利麵

レシピ
re.shi.pi
食譜

味付け
a.ji.tsu.ke
調味

040

このレストランのピザは文句(もんく)なしにおいしいですよ！

ko.no.re.su.to.ran.no.pi.za.wa.mon.ku.na.shi.ni.o.i.shī.de.su.yo!

這間餐廳的披薩好吃得沒話說！

マルゲリータピザ
ma.ru.ge.rī.ta.pi.za
羅勒番茄醬披薩

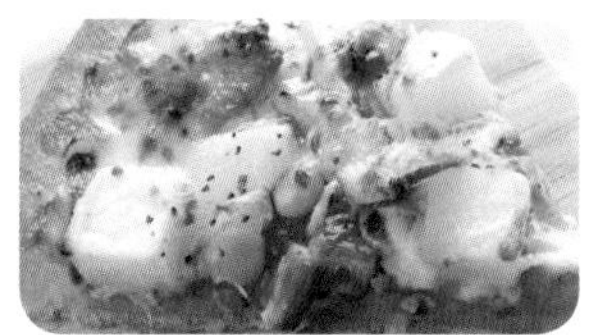

ベーコンとポテトのピザ
bē.kon.to.po.te.to.no.pi.za
培根馬鈴薯披薩

ハニーチーズピザ
ha.nī.chī.zu.pi.za
蜂蜜起司披薩

ピザにはたっぷりのチーズがあるともっとおいしくなります。

pi.za.ni.wa.ta.ppu.ri.no.chī.zu.ga.a.ru.to.mo.tto.o.i.shi.ku.na.ri.ma.su.

披薩若有很多起司會更好吃。

具(ぐ)
gu
食材

シーフード
shī.fū.do
海鮮

トマトソース
to.ma.to.sō.su
番茄醬

ベーコン
bē.kon
培根

会話1

A：ご注文（ちゅうもん）はお決（き）まりですか？

（メニューを見（み）ながら）

B：まだ決（き）まっていません。パスタの種類（しゅるい）が多（おお）いですね！何（なに）を頼（たの）もうか迷（まよ）います。どれも食（た）べたいです。

A：お決（き）まりになりましたら、お呼（よ）びください。

A：您決定好要點什麼餐了嗎？
（邊看菜單）
B：我還沒決定。義大利麵的種類真多！很猶豫到底要點啥耶。無論哪樣都想吃！
A：您決定好之後，請告訴我一聲。

会話２ 042

A：このレストランの雰囲気は高級感もあり、スタッフの方もフレンドリーなので、デートにいい場所だと思うよ。

B：そうだね、お店の中はほとんどカップルだ。

A：私達もカップルに見られてるんじゃないかな。

B：あ～何で料理がまだ出てこないんだ？お腹ペコペコだ！（その話を無視しながら...）

A：我覺得這家餐廳的氣氛高級，服務生的態度又很親切，是約會的好地方。

B：沒錯，幾乎店裡都是成雙成對的情侶。

A：我們這樣看起來也像情侶吧？

B：啊～菜怎麼還不快來？好餓啊！
（完全不理會剛才的對話）

ここのチーズバーガーはとてもおいしいです。

ko.ko.no.chī.zu.bā.gā.wa.to.te.mo.o.i.shī.de.su.

這裏的起司漢堡非常美味。

ダブルバーガー
da.bu.ru.bā.gā
雙層牛肉堡

照焼（てりや）きバーガー
te.ri.ya.ki.bā.gā
照燒漢堡

フィッシュバーガー
fi.sshu.bā.gā
魚漢堡

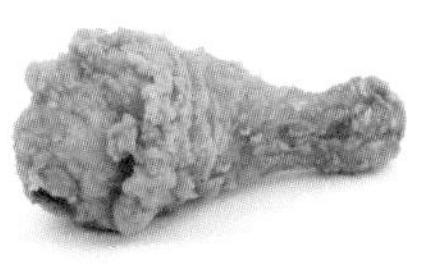

フライドチキン
fu.ra.i.do.chi.kin
炸雞

フライドポテト
fu.ra.i.do.po.te.to
炸薯條

シェイク
she.i.ku
奶昔

最高（さいこう）
sa.i.kō
很讚

うまい
u.ma.i
好吃

✶【うまい】是男性用語。

まあまあ
mā.mā
一般

普通（ふつう）
fu.tsū
普通

まずい
ma.zu.i
難吃

最悪（さいあく）
sa.i.a.ku
超糟糕

ハムサンドセットはいくらですか。

ha.mu.san.do.se.tto.wa.i.ku.ra.de.su.ka.

火腿三明治套餐多少錢？

ホットアップルパイ	ハムエッグ	チキンナゲット	ベーグル
ho.tto.a.ppu.ru.pa.i	ha.mu.e.ggu	chi.kin.na.ge.tto	bē.gu.ru
熱蘋果派	火腿蛋	炸雞塊	貝果

飲(の)み物(もの)をコーンスープに換(か)えられますか。

no.mi.mo.no.o.kōn.sū.pu.ni.ka.e.ra.re.ma.su

飲料可以換成玉米濃湯嗎？

コカコーラ	オレンジジュース	カルピス	アイスティー
ko.ka.kō.ra	o.ren.ji.jū.su	ka.ru.pi.su	a.i.su.tī
可口可樂	柳橙汁	可爾必思	冰紅茶

Sサイズはどの大きさですか。

(エス / おお)

e.su.sa.i.zu.wa.do.no.ō.ki.sa.de.su.ka.

小杯的大小是？

こちらの大きさです。

(おお)

ko.chi.ra.no.ō.ki.sa.de.su.

大約是這個大小。

スモール	ミドル	ラージ
su.mō.ru	mi.do.ru	rā.ji
(S)小杯	(M)中杯	(L)大杯

Lサイズ (エル)
e.ru.sa.i.zu
大杯

Mサイズ (エム)
e.mu.sa.i.zu
中杯

豆知識　隨餐附贈的玩具【景品】（けいひん）

在日本，隨商品促銷附贈的小玩具、小商品（禮物），或是電動遊樂場和小鋼珠店（柏青哥）裏的獎品都稱為「景品」。

「景品」雖然只是為了吸引消費者消費的附贈小物，但是通常都會讓人有撿到好康的物超所值滿足感。隨著行銷策略與手段的不同，有時「景品」也會出現稀有的限量版本或是超乎期待的精美高價值商品。

下次去日本旅遊時，別忘了注意有哪些商品有附贈小小驚喜喔！

会話1 046

A：あまり時間(じかん)がないので、ファストフードにしましょう！

B：あ！あっちマックがありますよ。あそこにしましょうか。

A：いいですね。 マクドナルドっておいしいと思(おも)いませんか。

B：まあ、ファストフードにしてはおいしいと思(おも)います。

A：好(す)きなメニューは何(なん)ですか。

B：定番(ていばん)はナゲットですね。ソースはバーベキュー。本格的(ほんかくてき)な味(あじ)がたまらなくおいしいです！

A：沒什麼時間了，吃速食店吧！
B：啊！那裏有麥當勞。去那邊吧！
A：好啊！你不覺得麥當勞也很好吃嗎？
B：嗯！以速食來說，我覺得好吃。
A：那你喜歡的餐點是什麼？
B：我一定必點炸雞塊，沾BBQ醬。道地的滋味好吃到令人無法抗拒啊！

これは何(なん)の行列(ぎょうれつ)ですか。

ko.re.wa.nan.no.gyō.re.tsu.de.su.ka.

在排什麼隊呢？

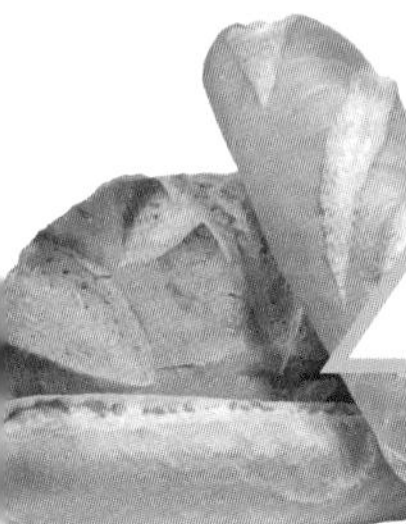

焼(や)き立(た)てのパンを買(か)う行列(ぎょうれつ)です。

ya.ki.ta.te.no.pan.o.ka.u.gyō.re.tsu.de.su.

在排剛出爐麵包的隊伍。

作(つく)り立(た)ての
tsu.ku.ri.ta.te.no
剛做好的

手作(てづく)りの
te.zu.ku.ri.ta.te.no
手工做的

人形焼(にんぎょうや)き
nin.gyō.ya.ki
人型燒

鯛焼(たいや)き
ta.i.ya.ki
鯛魚燒

たこ焼(や)き
ta.ko.ya.ki
章魚燒

コロッケ
ko.ro.kke
可樂餅

ロールパン
rō.ru.pan
奶油餐包卷

メロンパン
me.ron.pan
波羅麵包

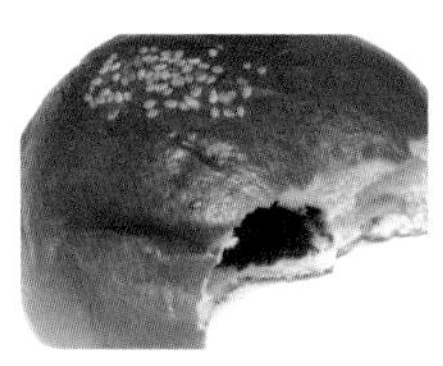

あんパン
an.pan
紅豆麵包

クリームパン
ku.rī.mu.pan
奶油麵包

デパ地下(ちかう)で売(う)っているお惣菜(そうざい)は手軽(てがる)でおいしいです。

de.pa.chi.ka.de.u.tte.i.ru.o.sō.za.i.wa.te.ga.ru.de.o.i.shī.de.su.

百貨公司地下美食街賣的熟食菜餚方便又好吃。

食(た)べ物(もの)
ta.be.mo.no
食物

揚(あ)げ物(もの)
a.ge.mo.no
油炸物

漬物(つけもの)
tsu.ke.mo.no
醬菜

佃煮(つくだに)
tsu.ku.da.ni
醬油燉菜

豆知識

瞎拼美食Let's go!
【デパ地下のグルメショッピング】

「デパ地下」，是「デパートの地下食品売り場」的略稱。日本的百貨公司地下美食街又多跟電車車站相互連接，看準大量的通勤或是來往各地的人潮，百貨公司地下美食街是業者的一級戰區。

除了進駐許多有名的老字號商行或是口碑相傳的人氣商店，還自行開發各種獨特商品來吸引買氣，將最好、最流行、最受歡迎的美食商品集中在此販售。

想探究日本的飲食文化，想血拼人氣最夯美食伴手禮，來逛逛「デパ地下」尋寶準沒錯。

スイーツ
su.ī.tsu
甜品

デリカテッセン
de.ri.ka.te.ssen
西式熟食

ベークドポテト
bē.ku.do.po.te.to
烤馬鈴薯

ハンバーグ
han.bā.gu
漢堡排

カニクリームコロッケはもう売(う)り切(き)れです。

Ka.ni.ku.rī.mu.ko.ro.kke.wa.mo.u.u.ri.ki.re.de.su.

奶油螃蟹可樂餅已經賣完了。

海老(えび)マヨサラダ
e.bi.ma.yo.sa.ra.da
鮮蝦美乃滋沙拉

ピリ辛茄子(からなす)
pi.ri.ka.ra.na.su
微辣茄子

野菜(やさい)の煮物(にもの)
ya.sa.i.no.ni.mo.no
燉煮蔬菜

大学芋(だいがくいも)
da.i.ga.ku.i.mo
蜜地瓜

手間(てま)をかけずにおいしいロールキャベツが食(た)べたいです。

te.ma.o.ka.ke.zu.ni.o.i.shī.rō.ru.kya.be.tsu.ga.ta.be.ta.i.de.su.

想吃不費功夫又好吃的高麗菜卷。

かぼちゃのくず煮(に)
ka.bo.cha.no.ku.zu.ni
滷南瓜

サツマ芋(いも)の甘煮(あまに)
sa.tsu.ma.i.mo.no.a.ma.ni
甘露番薯

里芋(さといも)の田舎煮(いなかに)
sa.to.i.mo.no.i.na.ka.ni
家鄉風味小芋頭

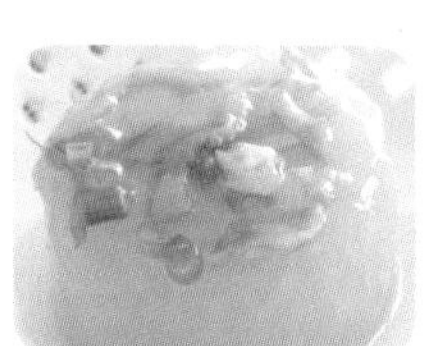

大根煮(だいこんに)
da.i.kon.ni
燉滷白蘿蔔

会話 1 050

A：お惣菜(そうざい)ばかりの食事(しょくじ)ってどう思(おも)いますか？

B：楽(らく)と言(い)えば楽(らく)ですが、毎日(まいにち)は嫌(いや)です。

A：でも、忙(いそが)しい人(ひと)にとっては、手間(てま)かけずに時間(じかん)を節約出来(せつやくでき)るお惣菜料理(そうざいりょうり)は、本当(ほんとう)に便利(べんり)です。

B：そうはいっても、健康(けんこう)のために、あまり食(た)べすぎない方(ほう)がいいですよ。

A：三餐只吃熟食菜餚的話你覺得如何？
B：雖然輕鬆是很輕鬆，但是每天吃會覺得很膩。
A：不過對忙碌的人來說，可以省時省力的熟食菜餚真的是很方便。
B：儘管這樣說，但是為了健康著想，還是不要常吃比較好。

会話２ 051

Ａ：お惣菜は量り売りですか？

Ｂ：はい、そうです。こちらの商品は全て１００グラム３００円となります。

Ａ：これを５００グラムください。

Ｂ：はい、分かりました。他にいかがですか？

Ａ：お惣菜の宅配サービスありますか？

Ｂ：はい、あります。ある程度の量なら、無料宅配でご提供させて頂いております。

Ａ：そうですか。宅配サービスだと、とても便利ですね。

A：熟食菜餚是秤重賣嗎？
B：是的。這邊的商品全部都是100公克300日圓。
A：麻煩請給我這個500公克。
B：好的。還需要其他的嗎？
A：請問你們有熟食菜餚的宅配服務嗎？
B：有的，如果購買一定的數量，有提供免運費的宅配服務。
A：是這樣啊，有宅配就方便多了。

Unit 11 好吃的便當 ✶ 052

ウィンナーでたこを作(つく)ったお弁当(べんとう)はとてもかわいいです。

uin.nā.de.ta.ko.o.tsu.ku.tta.o.ben.tō.wa.to.te.mo.ka.wa.i.i.de.su.

用小熱狗作小章魚的便當變得很可愛。

プチサイズのおにぎりでひよこ
pu.chi.sa.i.zu.no.o.ni.gi.ri.de.hi.yo.ko
用迷你飯糰作小雞

リンゴでうさぎ
rin.go.de.u.sa.gi
用蘋果作兔子

にんじんで花(はな)
nin.jin.de.ha.na
用紅蘿蔔作花瓣

のりでキャラクターの顔(かお)
no.ri.de.kya.ra.ku.tā.no.ka.o
用海苔作卡通人物的臉

ミートボールで豚(ぶた)
mī.to.bō.ru.de.bu.ta
用肉丸作小豬

型抜(かたぬ)きポテトで星(ほし)
ka.ta.nu.ki.po.te.to.de.ho.shi
用造型馬鈴薯片作星星

豆知識　【愛妻弁当(あさいべんとう)】和【日の丸弁当(ひのまるべんとう)】到底是什麼便當？

由太太親手做給先生的便當在日本被很羅曼蒂克的稱為「愛妻弁当」（愛妻便當）。有愛妻便當可享用的男士，一般給人夫婦感情鶼鰈情深的印象。

「日の丸弁当」（太陽旗便當）是指在白飯的中央只放一顆醃漬梅干的便當，因為這樣像極了日本的國旗，所以被稱為「日の丸弁当」。這種便當的主菜是那顆醃漬梅干，有時也會搭配其他配菜。

好(す)きなおかず は何(なん)ですか。

su.ki.na.o.ka.zu.wa.nan.de.su.ka.

你喜歡的配菜是什麼？

鶏(とり)モモの照(て)り焼(や)きが好(す)きです。

to.ri.mo.mo.no.te.ri.ya.ki.ga.su.ki.de.su.

我喜歡吃照燒雞腿。

豚(ぶた)のしょうが焼(や)き

bu.ta.no.shō.ga.ya.ki

薑汁豬肉

豚肉巻(ぶたにくま)き

bu.ta.ni.ku.ma.ki

豬肉卷

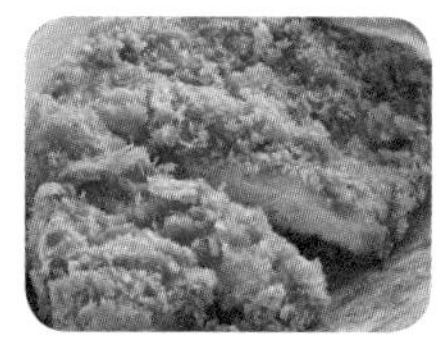

豚(ぶた)のロースとんかつ

bu.ta.no.rō.su.ton.ka.tsu

炸豬里肌排

麻婆茄子(マーボーナス)

mā.bō.na.su

麻婆茄子

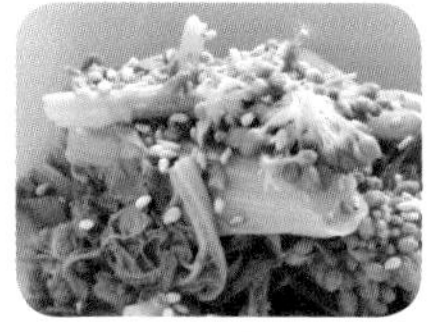

ごま和(あ)え

go.ma.a.e

芝麻涼拌

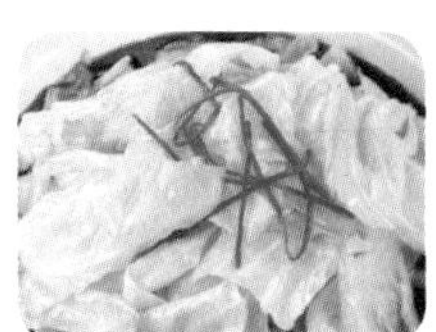

野菜炒(やさいいた)め

ya.sa.i.i.ta.me

炒青菜

大好(だいす)き

da.i.su.ki

超喜歡

大好物(だいこうぶつ)

da.i.kō.bu.tsu

最愛的食物

嫌(きら)い

ki.ra.i

討厭

大嫌(だいきら)い

da.i.ki.ra.i

超討厭

054

お弁当(べんとう)に入(はい)っていてほしいおかずはきんぴらゴボウです。

o.ben.tō.ni.ha.i.tte.i.te.ho.shī.o.ka.zu.wa.kin.pi.ra.go.bū.de.su.

我想要便當裏有金平牛蒡絲。

玉子焼き(たまごやき)
ta.ma.go.ya.ki
煎蛋

高菜の油炒め(たかなのあぶらいため)
ta.ka.na.no.a.bu.ra.i.ta.me
油炒長年菜

ひじき炒め(いため)
hi.ji.ki.i.ta.me
炒羊栖菜

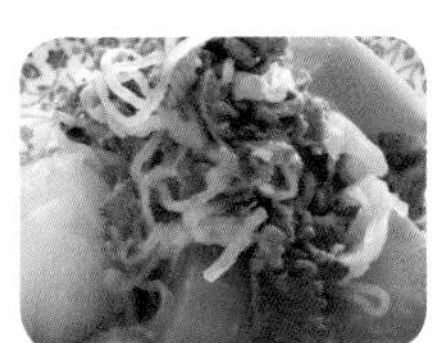

肉(にく)じゃが
ni.ku.ja.ga
馬鈴薯燉肉

焼き鮭(やきじゃけ)
ya.ki.ja.ke
烤鮭魚

塩(しお)さば
shi.o.sa.ba
鹽漬鯖魚

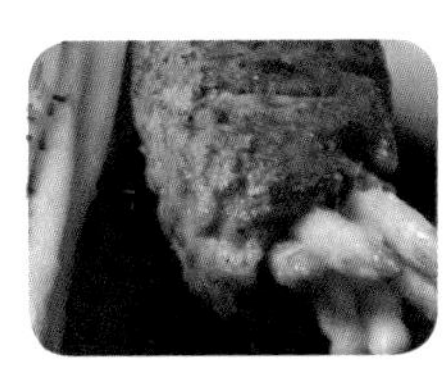

アスパラの肉巻き(にくまき)
a.su.pa.ra.no.ni.ku.ma.ki
蘆筍肉卷

ベーコン巻き(まき)
bē.kon.ma.ki
培根卷

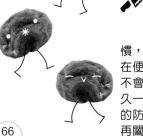

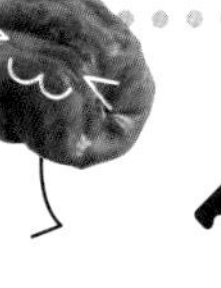

豆知識　便當不腐敗小撇步【お弁当(べんとう)を腐(くさ)らせないようにするには】

日本人若準備了便當帶去工作場所或是學校，一般沒有蒸便當的習慣，所以都是吃冷掉的便當。為了不讓放久了才吃的便當發酸腐壞，會在便當內放一顆醃漬梅子。據說這樣就能讓便當可以存在常溫久一點，不會那麼快腐壞。或是將飯淋上醋，因為醋有殺菌效果也可以讓飯菜放久一點不走味。不過，實際上嘗試過的人都認為放醃漬梅子或是淋上醋的防腐效果有限，比較保險一點的方法反而是將便當的飯菜完全放涼後再闔上便當蓋子。

のり弁当(べんとう)の大(だい)ファンです。

no.ri.ben.tō.no.da.i.fan.de.su.

我超愛海苔便當。

★【ファン】意指對人、事、物狂熱的支持者，或是愛好者。英文「ファナティック」的略稱。

ハンバーグ弁当(べんとう)

han.bā.gu.ben.tō

漢堡排便當

お寿司弁当(すしべんとう)

o.su.shi.ben.tō

壽司便當

シャケ弁当(べんとう)

sha.ke.ben.tō

鮭魚便當

幕の内弁当(まくのうちべんとう)

ma.ku.no.u.chi.ben.tō

幕內便當

豆知識 日本的便當文化-1

日本人的便當文化跟我們很不相同，每一個年齡層的喜愛的便當菜色也不同。做給幼稚園小朋友的便當著重在色彩繽紛的配置，而中學生或是高中生到上班族、ＯＬ的便當菜色又在份量及營養計算和精緻度上男女大不同。

日本人使用的便當盒也很講究，也因為沒有蒸便當的習慣，為了要能保溫，所以會用一種同時可以保溫好幾層飯菜的便當盒，叫做「ランチジャー」。

日本的便當文化-2【駅弁(えきべん)】

另一種很有趣的便當文化來自於在鐵路車站或是新幹線等高鐵列車內賣的便當，這種便當統稱為「駅弁」（車站便當）。不同的車站有不同的「駅弁」，更有許多車站推出以當地的著名農產或畜產為食材的特色便當作促銷。

会話1 (056)

A：鈴木(すずき)さんのお弁当箱(べんとうばこ)かわいいね。お弁当袋(べんとうぶくろ)もきれいだし。

B：本当(ほんとう)におしゃれね。それに比(くら)べて私(わたし)の弁当箱(べんとうばこ)は地味(じみ)に見(み)えます。

A：お弁当箱(べんとうばこ)のサイズしか気(き)にしてないでしょう？

B：しょうがないよ。いっぱい食(た)べるから～大(おお)きいのでないとだめなの。

A：鈴木小姐的便當盒好可愛啊！便當袋也很好看。
B：真是時髦。相較之下，我的便當盒看起來真樸素呢！
A：你只在意便當盒的大小吧？
B：沒辦法。我吃得多嘛～便當盒不大的話不夠裝啊！

会話2 057

A：一緒にお昼ご飯を買いに行きませんか。

B：いえ、今日は自慢の手作り弁当を持って来ました。

A：どんなおかずですか？どうせ昨日の残りのご飯とおかずでしょう。

B：いいえ、今朝6時に早起きして作ったものです。見せてあげましょう。

A：わあ！すごい～。ねえ、明日僕にもお弁当を作ってよ！

A：要不要一起去買中餐？

B：不用，我今天帶了自豪的手作便當。

A：都是些什麼菜呢？反正應該都是昨天的剩菜剩飯吧！

B：才不是，這可是今天一早六點就起床準備的。拿給你欣賞一下。

A：哇！真是太厲害了。那明天也幫我做便當吧！

作ってみよう

カレーライス

材料（4人分）

豚肉バラ	300g
にんじん	1本
じゃがいも（中）	2個
玉ねぎ（中）	2個
にんにく	適 量
水	800ml
カレールウ	4人分
ご飯	4膳分
オリーブオイル	大さじ2

1. 豚肉(ぶたにく)、にんじん、じゃがいもは食(た)べやすい大(おお)きさに切(き)る。
2. フライパンにオリーブオイル、にんにくを 弱火(よわび)で香(こう)ばしく炒(いた)めたら、豚肉(ぶたにく)・にんじん・じゃがいもを加(くわ)えて炒(いた)める。
3. 具材(ぐざい)が透(す)き通(とお)ったら水(みず)を入(い)れて15～20分(ふん)煮込(にこ)む。
4. いったん火(ひ)を止(と)め、カレールウを入(い)れる。カレールウが溶(と)けたら再(ふたた)び 弱火(よわび)にかけ、さらに４～５分(ふん)煮込(にこ)む。
5. 皿(さら)にご飯(はん)を盛(も)り、（4）をかけたら完成(かんせい)。

3

晚餐篇

Unit 12 …… 在複合式餐廳

Unit 13 …… 吃迴轉壽司

Unit 14 …… 在居酒屋

Unit 15 …… 吃烤肉

Unit 16 …… 吃火鍋

Unit 17 …… 什錦燒&文字燒&鐵板燒

Unit 18 …… 吃高級法國料理

Unit 19 …… 吃高級日本料理

Unit 12 在複合式餐廳 058

あれは何(なん)ですか。

a.re.wa.nan.de.su.ka.

（隔壁桌在吃的）那是什麼菜？

ハンバーグカレーセットです。

han.bā.gu.ka.rē.se.tto.de.su.

（隔壁桌點的）是漢堡排咖哩套餐。

ビーフステーキ
bī.fu.su.tē.ki
牛排

和風(わふう)ハンバーグ
wa.fū.han.bā.gu
和風漢堡排

ポテトニョッキ
po.te.to.nyo.kki
馬鈴薯麵疙瘩

マカロニサラダ
ma.ka.ro.ni.sa.ra.da
通心麵沙拉

お子様(こさま)ランチありますか？

o.ko.sa.ma.ran.chi.a.ri.ma.su.ka?

有沒有兒童套餐？

クレープ
ku.rē.pu
可麗餅

コロッケ定食(ていしょく)
ko.ro.kke.te.i.sho.ku
可樂餅定食

エビチャーハン
e.bi.chā.han
蝦仁炒飯

豚汁(とんじる)
ton.ji.ru
日式豬肉湯

★【豚汁】：
可唸成ぶたじる。

ハヤシライスのお客様(きゃくさま)は？

ha.ya.shi.ra.i.su.no.o.kya.ku.sa.ma.wa?

點日式燉牛肉飯的是哪一位？

はい。私(わたし)です。

ha.i. wa.ta.shi.de.su.

我點的。

豚(ぶた)のロースかつ定食(ていしょく)

bu.ta.no.rō.su.ka.tsu.te.i.sho.ku

炸豬里肌定食

海鮮(かいせん)あんかけ丼(どん)

ka.i.sen.an.ka.ke.don

海鮮燴飯

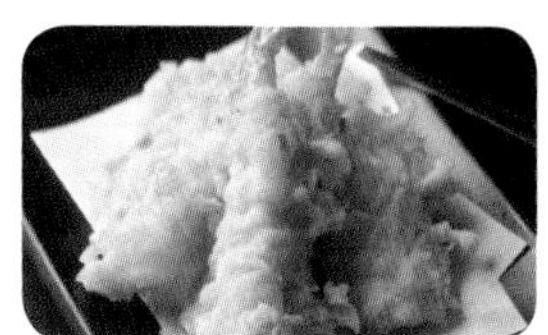

エビフライセット

e.bi.fu.ra.i.se.tto

炸蝦套餐

豆知識

關於家庭式餐廳【ファミリーレストラン】

日本的家庭式餐廳以連鎖經營居多，為了方便家庭親子一起用餐，餐廳地點通常設在交通便捷的郊區，且備有大型的停車場。

若是遇到要全家人外出用餐，就會出現大家喜好不同，不知要去哪種餐廳用餐的困擾，有了家庭式餐廳集結了西式和日式的總匯菜單，可以滿足一家人不同年齡層的飲食喜好，且家庭式餐廳的菜單的消費金額大約都在單價500日圓到1500日圓之間，因此非常適合全家一起用餐同樂。

会話1 060

A：すみません、オーダーをお願（ねが）いします。

B：はい、どうぞ。

A：A（エイ）セットとB（ビー）セットの違（ちが）いは何（なん）ですか。

B：A（エイ）セットはデザートとドリンク、B（ビー）セットにはサラダとスープが付（つ）きます。

A：麻煩你，我要點餐。
B：好的，請說。
A：請問A套餐跟B套餐有什麼不同呢？
B：A套餐附甜點和飲料，B套餐附沙拉跟湯。

肉(にく)も野菜(やさい)もたっぷりのシチューを注文(ちゅうもん)したいです。

ni.ku.mo.ya.sa.i.mo.ta.ppu.ri.no.shi.chū.o.chū.mon.shi.ta.i.de.su.

晚餐想吃有大量肉和蔬菜的（西式）燉菜。

クリームシチュー
ku.rī.mu.shi.chū
奶油（西式）燉菜

パンプキンシチュー
pan.pu.kin.shi.chū
南瓜（西式）燉菜

ビーフシチュー
bī.fu.shi.chū
牛肉（西式）燉菜

アツアツのポテトグラタンは一番(いちばん)おいしいです。

a.tsu.a.tsu.no.po.te.to.gu.ra.tan.wa.i.chi.ban.o.i.shi.i.de.su.

熱騰騰的焗烤馬鈴薯最好吃了。

マカロニグラタン
ma.ka.ro.ni.gu.ra.tan
焗烤通心粉

オニオングラタンスープ
o.ni.on.gu.ra.tan.sū.pu
焗烤洋蔥湯

カレードリア
ka.rē.do.ri.a
咖哩焗飯

062

オムライスはボリューム満点(まんてん)で、おなかも心(こころ)も大満足(だいまんぞく)です。

o.mu.ra.i.su.wa.bo.ryū.mu.man.ten.de. o.na.ka.mo.ko.ko.ro.mo.da.i.man.zo.ku.de.su.

蛋包飯的份量超多，讓人身心皆大滿足。

チーズハンバーグ
shi.ro.go.han.ni.fu.ri.ka.ke
起司漢堡排

サイコロステーキ
sa.i.ko.ro.su.tē.ki
方塊牛排

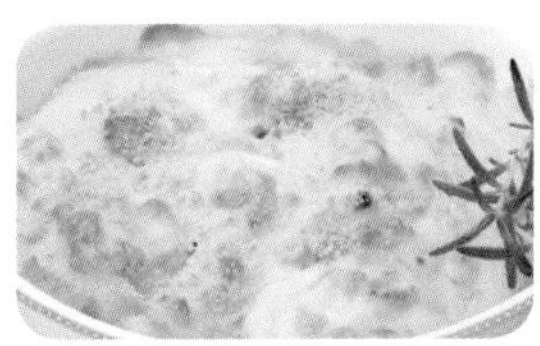

チキンドリア
chi.kin.do.ri.a
雞肉焗飯

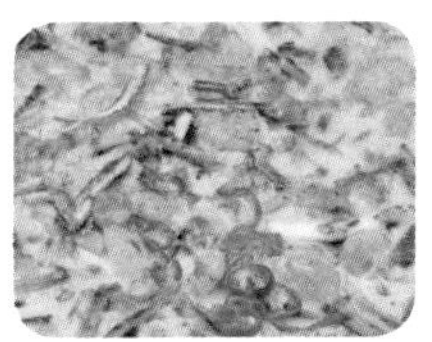

海鮮(かいせん)チヂミ
ka.i.sen.chi.chi.mi
韓式海鮮煎餅

サムゲタン
sa.mu.ge.tan
韓式人蔘雞

豚(ぶた)キムチ定食(ていしょく)
bu.ta.ki.mu.chi.te.i.sho.ku
泡菜豬肉定食

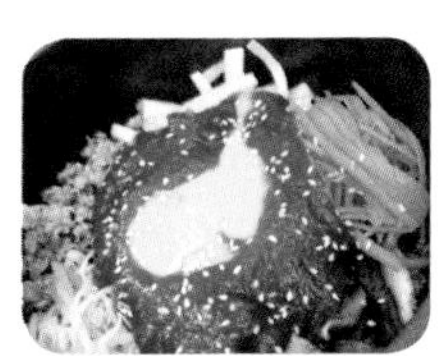

石焼(いしやき)ビビンバ
i.shi.ya.ki.bi.bin.ba
韓式石鍋拌飯

豆知識　幾可亂真的食品模型【食品(しょくひん)サンプル】

日本多數的餐廳櫥窗裡常見到逼真到讓人分不清真假的食品模型。這些近乎真正食物的模型，除了是最好的攬客櫥窗廣告外，模型製作的精美細緻程度，更是令人嘆為觀止！通常看到的模型長的怎麼樣，端出來的餐點也分毫不差幾乎一模一樣。

在靠近東京合羽橋、淺草橋那裏的道具街，可以找到各式各樣的擬真食品模型，這些沒有賞味期限、千年不壞的擬真食品模型，每一個的造價是非常昂貴的，這也是日本特有的飲食文化之一。

会話2 063

A：ただ今のお時間ですと、お得なセットもございますが、いかがでしょうか？

B：本当？それはどういう組み合わせですか？

A：セットメニューに飲み物とデザートの組み合わせで2割引になります。

B：じゃ、和風ハンバーグセットとオレンジジュースとイチゴパフェをお願いします。

A：飲み物は先にお出ししましょうか？

B：はい、ありがとうございます。

A：現在的用餐時間有特別優惠組合，您要不要參考看看呢？
B：真的嗎？那是什麼樣的組合呢？
A：只要點套餐搭配飲料跟甜點就有8折優惠。
B：那麼，我想要點和風漢堡排套餐搭配柳橙汁和草莓水果聖代。
A：請問飲料要先上嗎？
B：好，謝謝。

しゃこを握(にぎ)ってください。

sha.ko.o.ni.gi.tte.ku.da.sa.i.

請給我蝦蛄（壽司）。

とびっこ
to.bi.kko
飛魚卵

穴子(あなご)
a.na.go
星鰻

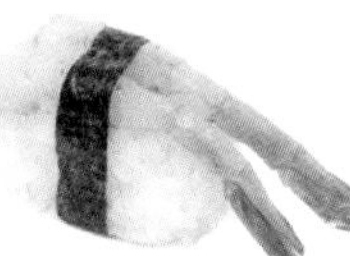

甘(あま)えび
a.ma.e.bi
甜蝦

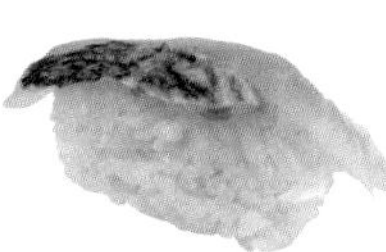

鯖(さば)
sa.ba
青花魚

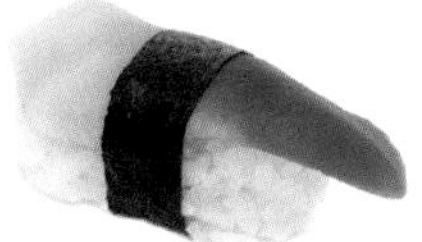

北寄貝(ほっきがい)
ho.kki.ga.i
北寄貝

つぶ貝(がい)
tsu.bu.ga.i
海螺貝

赤貝(あかがい)
a.ka.ga.i
赤貝

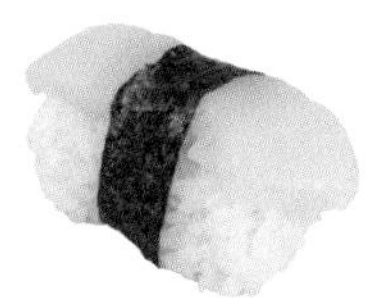

ホタテ
ho.ta.te
扇貝

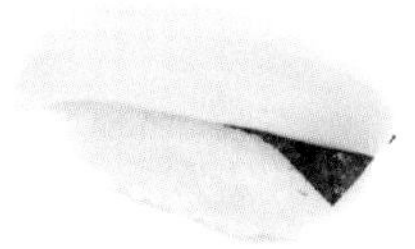

いか
i.ka
花枝

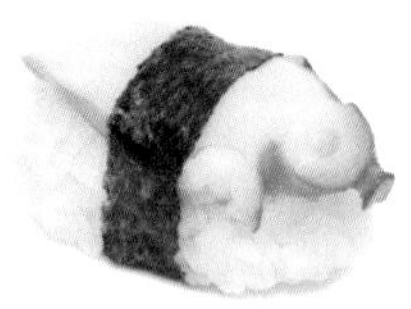

たこ
ta.ko
章魚

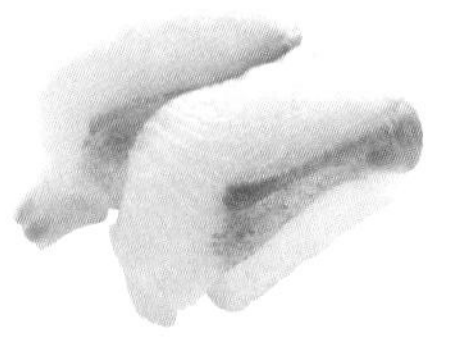

鰤(ぶり)
bu.ri
鰤魚

鰹(かつお)
ka.tsu.o
鰹魚

稲荷寿司（いなりずし）を一人前（いちにんまえ）お願（ねが）いします。

i.na.ri.zu.shi.o.i.chi.nin.ma.e.o.o.ne.ga.i.shi.ma.su.

我要一人份稻荷壽司。

かっぱ巻（ま）き
ka.ppa.ma.ki
小黃瓜卷

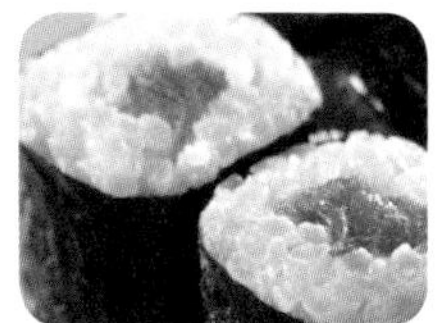

鉄火巻（てっかま）き
te.kka.ma.ki
鮪魚卷

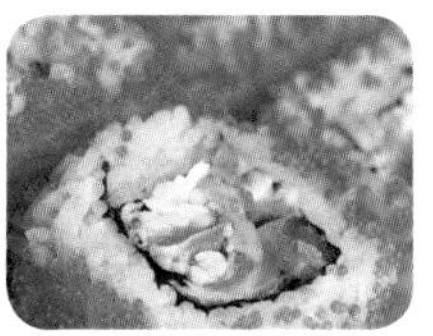

太巻（ふとま）き
fu.to.ma.ki
花壽司卷

納豆巻（なっとうま）き
na.ttō.ma.ki
納豆卷

うに軍艦（ぐんかん）
u.ni.gun.kan
海膽軍艦（壽司）

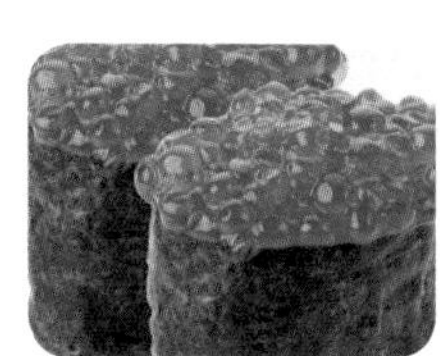

いくら軍艦（ぐんかん）
i.ku.ra.gun.kan
鮭魚卵軍艦（壽司）

二人前（ににんまえ）
ni.nin.ma.e
二人份

三人前（さんにんまえ）
san.nin.ma.e
三人份

四人前（よにんまえ）
yo.nin.ma.e
四人份

五人前（ごにんまえ）
go.nin.ma.e
五人份

常見的海苔卷壽司口味有：

「のり巻き」（海苔卷）指的是用海苔捲起來的壽司。「かんぴょ巻き」（匏瓜乾卷）、「納豆巻き」（納豆卷）、「カッパ巻き」（小黃瓜卷）、「太巻き」（花壽司卷）等都是常見的海苔壽司。

鰈(かれい)はさび抜(ぬ)きでお願(ねが)いします。

ka.re.i.wa.sa.bi.nu.ki.de.o.ne.ga.i.shi.ma.su.

我要鰈魚壽司，請不要加芥末。

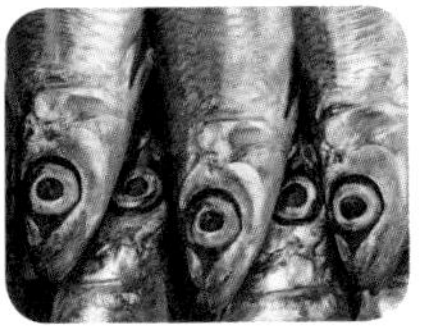

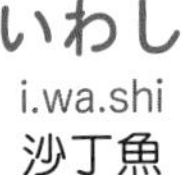

i.wa.shi

沙丁魚

ハマチ

ha.ma.chi

幼鰤魚

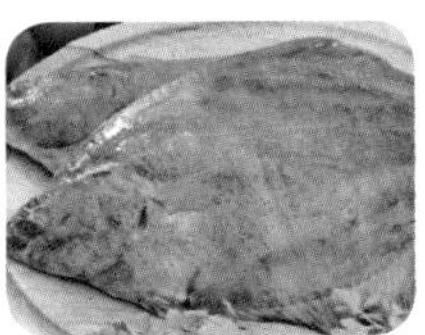

ひらめ

hi.ra.me

比目魚

鯵(あじ)

a.ji

竹筴魚

まぐろばかり取(と)らないでください。

ma.gu.ro.ba.ka.ri.to.ra.na.i.de.ku.da.sa.i.

別光拿鮪魚壽司吃。

トロ

to.ro

鮪魚肚肉

大(おお)トロ

ō.to.ro

鮪魚肚肉（前部）

赤身(あかみ)

a.ka.mi

鮪魚脊背偏瘦部位

中(ちゅう)トロ

chū.to.ro

鮪魚肚肉（後部）

アスパラ手巻(てま)きにします。

a.su.pa.ra.te.ma.ki.ni.shi.ma.su.

我要蘆筍手卷。

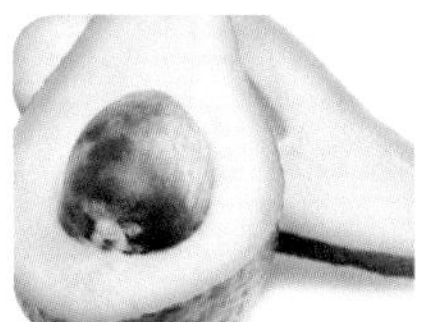

アボカド
a.bo.ka.do
酪梨

甘(あま)えび
a.ma.e.bi
甜蝦

イクラ
i.ku.ra
鮭魚卵

サーモン
sā.mon
燻鮭魚

ガリはありますか。

ga.ri.wa.a.ri.ma.su.ka.

有甜薑嗎？

【ガリ】與【あがり】是壽司店的專門用語。

あがり
a.ga.ri
茶

わさび
wa.sa.bi
芥末

しょうゆ
shō.yu
醬油

しょうゆさし
shō.yu.sa.shi
裝醬油的小碟子

会話1 (068)

A：旬（しゅん）のものは何（なん）ですか。

B：今（いま）、ウニが一番（いちばん）おいしい季節（きせつ）です。ウニは好（す）きですか。

A：大好（だいす）きです。特（とく）にアカウニ。

B：当店（とうてん）のウニは産地直送（さんちちょくそう）で、とても新鮮（しんせん）です。とりあえず一人前（いちにんまえ）いかがですか。

A：じゃ、二人前（ににんまえ）ください、ご飯（はん）を少（すく）なめにお願（ねが）いします。

A：當季的料理有些什麼？
B：現在正是海膽最好吃的季節。喜歡吃海膽嗎？
A：非常喜歡，尤其是赤海膽。
B：本店的海膽是產地直送，非常新鮮，要不要先來一份？
A：那來個兩份，麻煩飯少一點。

豆知識　常見的壽司種類有：

- 握り寿司（にぎりずし）：握壽司
- 巻き寿司（まきずし）：壽司卷
- 稲荷寿司（いなりずし）：豆皮壽司
- 押し寿司（おしずし）：壓壽司
- ちらし寿司（ちらしずし）：什錦散壽司

会話２ 069

A：お勘定(かんじょう)をお願(ねが)いします。

B：全部(ぜんぶ)で２５皿(にじゅうごさら)です！合計(ごうけい)は３８００円(さんぜんはっぴゃくえん)になります。

A：間違(まちが)ってませんか。一皿(ひとさら)１２０円(ひゃくにじゅうえん)ではないですか。

B：赤色(あかいろ)の皿(さら)は２００円(にひゃくえん)で、緑色(みどりいろ)の皿(さら)は１２０円(ひゃくにじゅうえん)です。

A：あ！つい食(た)べ過(す)ぎちゃいました。

A：我要買單。
B：您一共吃了25盤，總計是3,800日圓。
A：你沒有算錯嗎？一盤不都是120日圓嗎？
B：紅色盤子的是200日圓，綠色盤子是120日圓。
A：唉呀！不小心吃太多了。

豆知識　迴轉壽司的計價方式：

迴轉壽司是比較親民的壽司。一般以裝盤的盤子顏色為計價標準，不同顏色代表不同價錢，店家結帳時會將價格乘以不同顏色的盤子數加總價格。

とりあえず、生ビール（なま）をください。

to.ri.a.e.zu, na.ma.bī.ru.o.ku.da.sa.i.

先來杯生啤酒。

れいしゅ
冷酒
re.i.shu
冷酒

しょうちゅう
焼酎
shō.chū
燒酒

あつかん
熱燗
a.tsu.kan
熱清酒

びん
瓶ビール
bin.bī.ru
瓶裝啤酒

うめしゅ
梅酒
u.me.shu
梅酒

ちゅう
酎ハイ
chū.ha.i
果汁酒

カルピスサワー
ka.ru.pi.su.sa.wā
可爾必思沙瓦

レモンサワー
re.mon.sa.wā
檸檬沙瓦

豆知識　【サワー】和【酎（ちゅう）ハイ】的不同？

「サワー」一詞即是指酸味之意。因此「サワー」是指加了風味偏酸（檸檬或梅子等）的調味碳酸飲料。因酒精濃度低，很受女性歡迎，一般會因個人口味的喜好而兌以不同的調味。

「酎ハイ」則是以燒酒為基酒，兌以各種（濃縮或）果汁的果汁酒，也可加入碳酸飲料。而「ハイ」一詞指的是「ハイボール」（Highball），廣義來說就是指兌入無酒精成分的果汁和碳酸飲料的調酒。

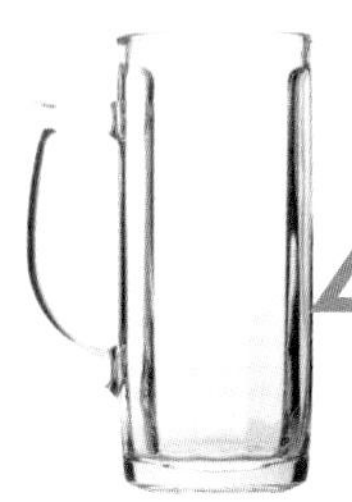

中（ちゅう）ジョッキを5杯（ごはい）の飲みました。

chū.jo.kki.o.go.ha.i.no.mi.ma.shi.ta.

我喝了五杯中杯生啤酒。

大生（だいなま）
da.i.na.ma
大杯啤酒

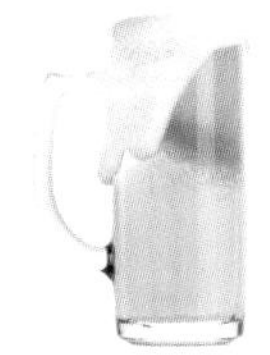

中生（ちゅうなま）
chū.na.ma
中杯啤酒

黒生（くろなま）
ku.ro.na.ma
黑生啤酒

日本酒（にほんしゅ）
ni.hon.shu
清酒

瓶（びん）ビール
bin.bī.ru
瓶裝啤酒

酎（ちゅう）ハイ
chū.ha.i
果汁酒

豆知識

何謂【ジョッキ】？

「ジョッキ」是指一種有把手，專門用來喝啤酒的啤酒杯。

杯子有大、中、小三種的尺寸，一般店家會將空杯放在冰箱中冰鎮，等顧客點酒時再拿出倒入啤酒會更冰涼好喝。點啤酒時，一般只要說「大生」或是「大」，店家或是服務生就知道點的是大杯的生啤酒了。

いっぱい 1杯 i.ppa.i 一杯	にはい 2杯 ni.ha.i 二杯
さんばい 3杯 san.ba.i 三杯	よんはい 4杯 yon.ha.i 四杯

いっぽん 1本 i.ppon 一瓶	にほん 2本 ni.hon 二瓶
さんぼん 3本 san.bon 三瓶	よんほん 4本 yon.hon 四瓶

072

焼酎（しょうちゅう）を水（みず）で割（わ）ったらおいしいですか。

shō.chū.o.mi.zu.de.wa.tta.ra.o.i.shi.i.de.su.ka.

燒酒兌水好喝嗎？

お湯（ゆ）

o.yu

熱開水

ウーロン茶（ちゃ）

ū.ron.cha

烏龍茶

麦茶（むぎちゃ）

mu.gi.cha

麥茶

緑茶（りょくちゃ）

ryo.ku.cha

綠茶

ポカリスエット

po.ka.ri.su.e.tto

寶礦力（運動飲料）

ソーダ

sō.da

蘇打水

豆知識

燒酒的喝法有以下幾種變化，說法也不同：

「割り」指的是稀釋。加了白開水的稱為「水割り」，加了熱開水的稱為「お湯割り」。加了冰塊的則稱為「ロック」，甚麼都不加的是「ストレート」。

燒酒可以喝熱的（兌熱開水、熱烏龍茶或是熱茉莉花茶等），也可以喝冷的（兌綠茶、水或是麥茶等），端看各人口味喜好。最普遍也最受歡迎的喝法是兌水或是熱開水，有時還會再加上醃漬梅干。

お酒(さけ)に合(あ)うおつまみは塩辛(しおから)です。

o.sa.ke.ni.a.u.o.tsu.ma.mi.wa.shi.o.ka.ra.de.su.

醃漬海鮮是適合下酒的下酒菜。

枝豆(えだまめ)
e.da.ma.me
毛豆

冷(ひ)やっこ
hi.ya.ya.kko
冷豆腐

いかげそ
i.ka.ge.so
花枝腳

刺身(さしみ)の盛(も)り合(あ)わせ
sa.shi.mi.no.mo.ri.a.wa.se
綜合生魚片

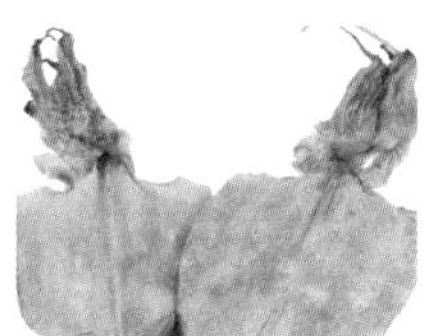

するめ
su.ru.me
烤魷魚

お新香(しんこ)
o.shin.ko
醃漬醬菜

ネギトロ
ne.gi.to.ro
鮪魚蔥泥

もずく酢(す)
mo.zu.ku.su
醋漬海菜

豆知識　【お通(とお)し】和【突(つ)き出(だ)し】的不同：

　　「お通し」和「突き出し」指的都是在等待點的菜色送來之前，店家自動送上的小菜。一般來說關東地區會說「**お通し**」；而關西地區則會說「**突き出し**」。

　　日本料理店裡的「**突き出し**」會配合主菜登場前的前菜去設計菜色，而一般居酒屋等大眾酒場等，大多是醃漬類的簡單小碟菜色，例：「お新香」，但並非免費。

074

ここのもつ煮(に)はなかなかいけますね！

ko.ko.no.mo.tsu.ni.wa.na.ka.na.ka.i.ke.ma.su.ne!

這裏的滷大腸相當不錯呢！

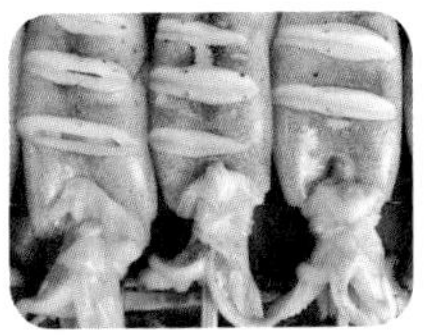

いか焼(や)き
i.ka.ya.ki
烤花枝

ほっけの開(ひら)き
ho.kke.no.hi.ra.ki
烤花魚

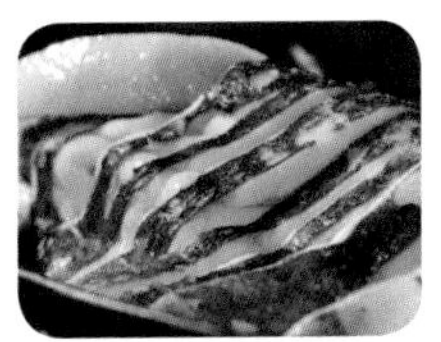

いかの一夜干(いちやぼ)し
i.ka.no.i.chi.ya.bo.shi
魷魚一夜干

お茶漬(ちゃづ)け
o.cha.zu.ke
茶泡飯

あさりの酒蒸(さけむ)し
a.sa.ri.no.sa.ke.mu.shi
酒蒸蛤蜊

焼(や)きお握(にぎ)り
ya.ki.o.ni.gi.ri
烤飯糰

雑炊(ぞうすい)
zō.su.i
雜燴粥

つくね
tsu.ku.ne
肉丸串

豆知識

內臟為何叫烤賀爾蒙？！【ホルモン焼(や)き】

一般我們對賀爾蒙「Hormon」的認知是指「內分泌器官的分泌液」。但在日本，被延伸為動物內臟，特別指的是動物大腸的部分。「ホルモン焼き」指的就是將豬或是牛等的大腸串在一起的燒烤物。「ホルモン」的含有豐富的維他命A、B群及膠原蛋白，對美容及健康有很高的營養價值，在日本是被普遍接受且美味的一道佳餚。

【ホルモン】和【モツ】的不同

「モツ」泛指將雞、牛、豬等動物內臟切碎去燉滷，有時會雜放幾種不一樣的內臟食材一起滷成一鍋。「ホルモン」則特別指的是動物的大腸部分。

注文した揚げ出し豆腐がまだ来ていません。

chū.mon.shi.ta.a.ge.da.shi.dō.fu.ga.ma.da.ki.te.i.ma.sen.

我點的揚出豆腐還沒來。

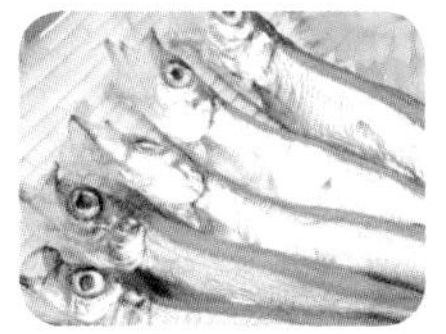

シシャモ
shi.sha.mo
柳葉魚

茶碗蒸し
cha.wan.mu.shi
茶碗蒸

牛すじ煮込み
gyū.su.ji.ni.ko.mi
滷牛蹄筋

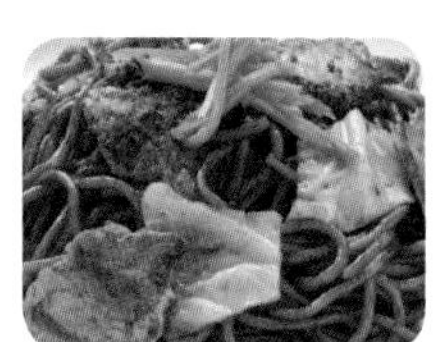

焼きそば
ya.ki.so.ba
日式炒麵

焼き鳥をキャンセルしてください。

ya.ki.to.ri.o.kyan.se.ru.shi.te.ku.da.sa.i.

請取消烤雞肉串。

手羽先
te.ba.sa.ki
雞翅膀

とり皮
to.ri.ka.wa
雞皮串

砂肝
su.na.gi.mo
雞胗串

鶏なんこつ
to.ri.nan.ko.tsu
雞軟骨

会話1 076

A：居酒屋（いざかや）のメニューって妙（みょう）においしいですよね！

B：特（とく）にこの店（みせ）の焼肉（やきにく）は、やみつきになります。

A：それで、常連客（じょうれんきゃく）になってしまったんですよ。

B：常連客（じょうれんきゃく）なら割引（わりびき）があるんでしょう！

今日（きょう）はごちそうになります。（ラッキー）

A：居酒屋的菜色不可思議的好吃耶！
B：尤其是這裏的燒肉吃了會上癮。
A：就是因為這樣，所以我是這裏的常客。
B：那常客有打折吧！今天就讓你請客啦～！（幸運）

豆知識

酒宴上的經典小遊戲！【野球拳（やきゅうけん）】

日本人在多人一起飲酒狂歡的時，會玩一種有趣的小遊戲叫作「野球拳」。遊戲的玩法是一邊唱棒球拳的歌，一邊互比打棒球時會用的幾個經典手勢來勝負。

當玩的人唱出如下歌詞：
やきゅう～す～るなら～
こういう具合にしやさんせ～
アウト！セーフ！よよいのよい！
（ここでジャンケン）

最後要在猜拳比劃上定輸贏，猜輸的一方的懲罰是要當眾脫一件身上衣物。這時圍觀的眾人則會高喊「脱いで脱いで」將現場情緒炒熱到最高點。

会話2 077

A：今度(こんど)のコンパは居酒屋(いざかや)でやりましょう！

B：いいね！いいね！一緒(いっしょ)にワイワイ乾杯(かんぱい)しましょう。

A：じゃあ、ビール飲(の)み放題(ほうだい)の居酒屋(いざかや)の予約(よやく)を取(と)ります。

B：それで決(き)まりね。他(ほか)にも友達(ともだち)をいっぱい誘(さそ)ってね～

A：分(わ)かった。まかせて。

A：下次我們在居酒屋辦聯誼會吧！
B：好啊！好啊！大家一起乾一杯吧！
A：那我去預約有啤酒喝到飽的居酒屋。
B：就這麼說定了，記得多約些朋友喔～
A：沒問題。包在我身上。

豆知識　好朋友也要分開結帳？！【割(わ)り勘(かん)】

在日本，無論是三五好友、情侶一起聚會喝酒或是用餐，餐後的結帳習慣自掏腰包各付各的，也就是「割り勘」。

「割り勘」可以是參加餐會的人一起均攤飲食消費的總額，或是僅對自己點餐的項目支付自己的消費金額。「割り勘」的相反詞是「おごり」（請客）。

公司的老闆跟員工一起聚會用餐時，由階級或是身分地位高的一方來付帳是職場潛規則。在職場社交禮儀上也借由這個規則微妙隱喻出上與下相互間的遵從關係。

会話3 078

A：今日(きょう)は思(おも)い切(き)り飲(の)みましょう！

B：よし！乾杯(かんぱい)～

（お互(たが)いに乾杯(かんぱい)）

A：すみません！ジョッキ2杯(はい)お代(か)わりください。

B：ほかにも何(なに)か追加(ついか)しますか。

A：じゃ、しゃけ茶(ちゃ)づけと焼(や)きうどんもお願(ねが)いしましょうか！

A：今晚一定要喝個痛快！
B：好啊！一口氣呼搭啦～
（互相乾杯）
A：老闆！再來兩杯大杯的啤酒。
B：要不要再點幾樣菜？
A：好啊！我想要來碗鮭魚茶泡飯和炒烏龍麵。

豆知識　一口喝乾！【一気飲(いっきの)み】

日文的「乾杯」跟中文的乾杯意思略有不同。

中文的乾杯多半指乾了這杯，也就是喝完的意思，但日本人的乾杯則指喝酒的人酒杯互碰的一個禮節，並不一定要喝完。若是要展現能一口氣喝乾的酒國英雄風範，這時的日文多半會講的是「一気飲み」、「一気」，或是「一気に乾杯」說法。

學生的飲酒會上很流行這樣豪氣萬千的喝酒風氣，不過要小心的是一口氣喝下大量的酒，有時會引起急性酒精中毒。

ここの牛塩タンはいくら食べても飽きません。

ko.ko.no.gyū.shi.o.tan.wa.i.ku.ra.ta.be.te.mo.a.ki.ma.sen.

這裡的鹽醬牛舌，怎麼吃都不會膩。

ホルモン
ho.ru.mon
（牛、豬）大腸

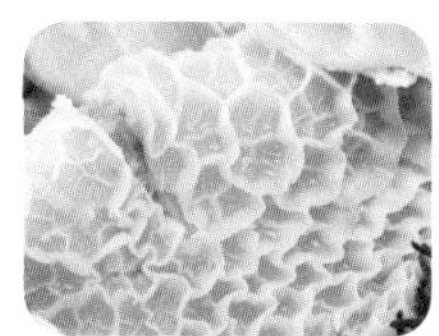

センマイ
sen.ma.i
牛百頁

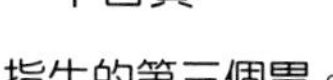
＊指牛的第三個胃。

馬刺し
ba.sa.shi
生馬肉

上ミノ
jō.mi.no
上等毛肚

＊指牛的第一個胃。

会話1 080

A：食べたくてもあまりお金がない貧乏人のわたしにとって、食べ放題ってパラダイスですね。

B：いくら食べ放題はお得でも、食べ過ぎると、デブになりますよ！

A：對我這種愛吃很多卻又花不起大錢的窮人來說，吃到飽真是天堂一樣。

B：吃到飽再怎麼划算，貪心吃過量的話，小心變胖子喲！

081

そちらの肉(にく)はまだ焼(や)けていません。

so.chi.ra.no.ni.ku.wa.ma.da.ya.ke.te.i.ma.sen.

那片肉還沒烤好。

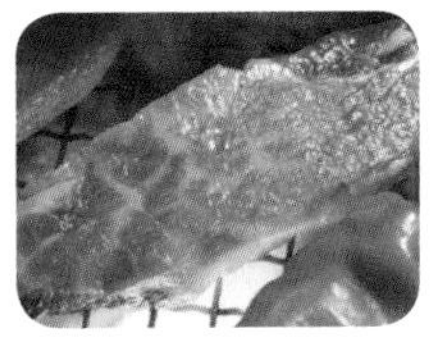

ロースステーキ
rō.su.su.tē.ki
里肌牛排

地鶏(じどり)もも肉(にく)
ji.do.ri.mo.mo.ni.ku
土雞腿肉

きのこのホイル焼(やき)
ki.no.ko.no.ho.i.ru.ya.ki
鋁紙烤野菇

骨付(ほねつ)きカルビ
ho.ne.tsu.ki.ka.ru.bi
帶骨五花肉

会話2 082

A：煙(けむ)たい！火(ひ)が強(つよ)すぎないですか。

B：大変(たいへん)！肉(にく)が焦(こ)げています。

A：火(ひ)を調節(ちょうせつ)してください。（店員(てんいん)に向(む)かって）

C：はい、すぐまいります。

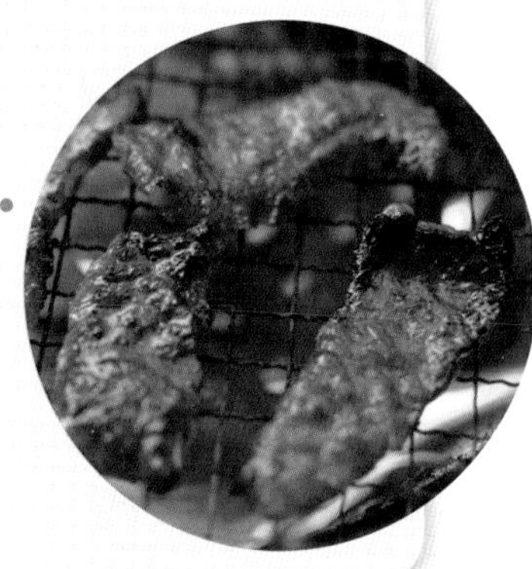

A：好多煙！火會不會太大了？

B：糟糕！肉都烤焦了。

A：請幫我調整一下火的大小。（對店員說）

C：好的，馬上來。

生(なま)でも食(た)べられますか。

na.ma.de.mo.ta.be.ra.re.ma.su.ka.

沒有熟也可以吃嗎？

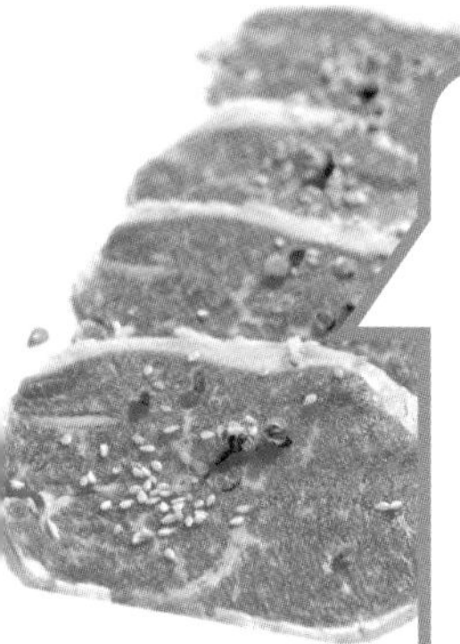

こちらの**牛肉(ぎゅうにく)**は生(なま)で食(た)べても大丈夫(だいじょうぶ)です。

ko.chi.ra.no.gyū.ni.ku.wa.na.ma.de.ta.be.te.mo.da.i.jō.bu.de.su.

這裡的**牛肉**生吃也沒問題。

ユッケ yu.kke 韃靼牛肉	レバ刺(さ)し re.ba.sa.shi 生牛肝	タン刺(さ)し tan.sa.shi 生牛舌	牛肉(ぎゅうにく)たたき gyū.ni.ku.ta.ta.ki 淺煎牛肉

請問肉要幾分熟？【肉(にく)の焼(や)き加減(かげん)】

肉的熟度一般分為「レア」（三分熟）、「ミディアム」（五分熟）和「ウェルダン」（全熟）三種。另外，介於三分熟和五分熟之間的叫「ミディアムレア」。

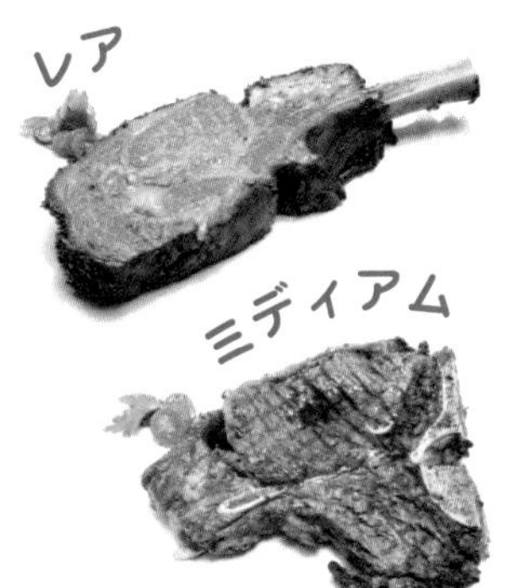

何謂【たたき】？

「たたき」分為「細かく切るたたき（こまかくきるたたき）」意即細切剁碎；另一種則是「炙るたたき（あぶるたたき）」意即烘烤炙燒。

用「細切剁碎」料理食材時（多用於魚類）先將食材切成1～2cm大小，加上蔥、蒜、薑泥等配料後，用菜刀剁至細碎為止。

不同的食材有不同的剁碎程度，有些食材不適合剁得太細碎會變得不好吃。而用「烘烤炙燒」料理食材時先將肉類食材切成條塊狀，然後串起來插放到炭火上炙燒，但要控制在表面有微微烤焦，但肉的中心還是生的半熟狀態。然後將肉條切片，佐以切碎的蔥、蒜、紫蘇葉或是薑泥、味噌等調味料食用。

084

<ruby>肉<rt>にく</rt></ruby>はとてもおいしいですが、<ruby>野菜<rt>やさい</rt></ruby>も<ruby>悪<rt>わる</rt></ruby>くないですね。

ni.ku.wa.to.te.mo.o.i.shi.i.de.su.ga, ya.sa.i.mo.wa.ru.ku.na.i.de.su.ne.

肉雖然很好吃，蔬菜也不錯呢。

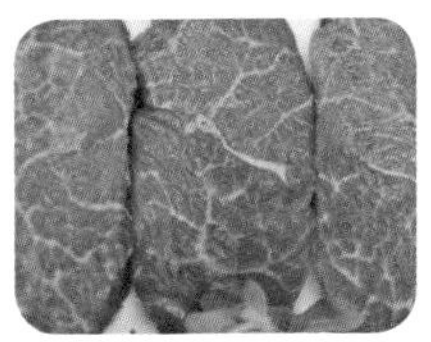

カルビ
ka.ru.bi
牛五花

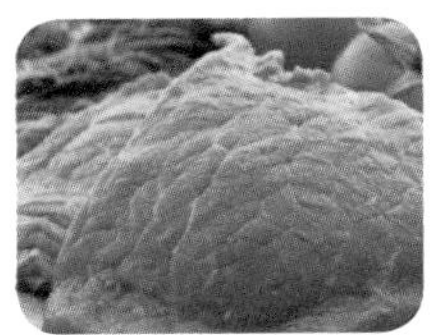

ハラミ
ha.ra.mi
牛腹胸肉

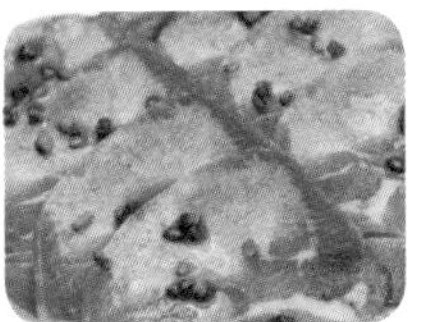

牛（ぎゅう）タン
gyū.tan
牛舌

豚肉（ぶたにく）
bu.ta.ni.ku
豬肉

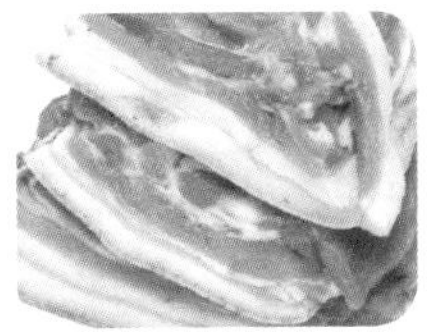

豚（ぶた）カルビ
bu.ta.ka.ru.bi
豬五花

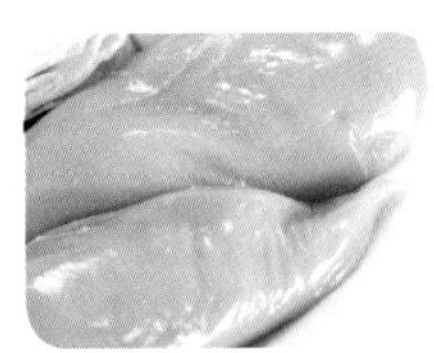

とり肉（にく）
to.ri.ni.ku
雞肉

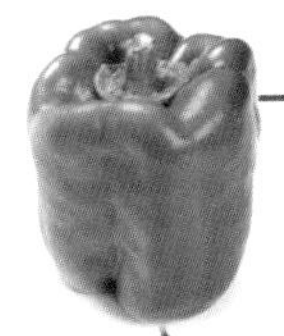

ピーマン
pī.man
青椒

とうもろこし
tō.mo.ro.ko.shi
玉米

しいたけ
shi.i.ta.ke
香菇

なす
na.su
茄子

アスパラガス
a.su.pa.ra.ga.su
蘆筍

タマネギ
ta.ma.ne.gi
洋蔥

タレをつけたらもっとおいしいです。

ta.re.o.tsu.ke.ta.ra.mo.tto.o.i.shi.i.de.su.

沾了醬料會更好吃。

ソース
sō.su
醬汁

しお
塩コショウ
shi.o.ko.shō
胡椒鹽

ご ま
胡麻だれ
go.ma.da.re
芝麻醬

ゆ ず す
柚子酢
yu.zu.su
柚醋

ず
ポン酢
pon.zu
柑橘醋醬

なまたまご
生卵
na.ma.ta.ma.go
生雞蛋

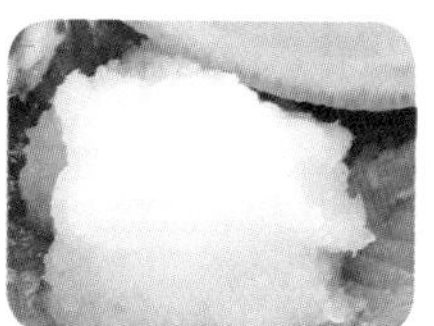

だい こん
大根おろし
da.i.kon.o.ro.shi
蘿蔔泥

おろしにんにく
o.ro.shi.nin.ni.ku
蒜泥

かい えん
海塩
ka.i.en
海鹽

うす くちしょう ゆ
薄口醤油
u.su.ku.chi.shō.yu
淡醬油

ハチミツ
ha.chi.mi.tsu
蜂蜜

トーバンジャン
tō.ban.jan
豆瓣醬

(086)

ロースをもう一皿追加します。

ひとさら ついか

rō.su.o.mo.u.hi.to.sa.ra.tsu.i.ka.shi.ma.su.

牛里肌肉再追加一盤。

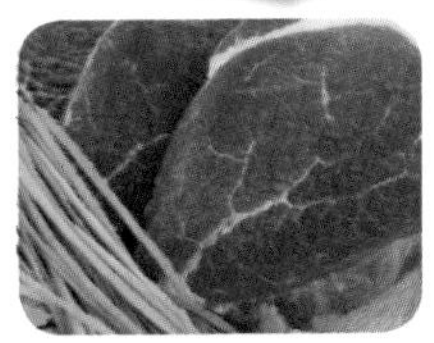

ヒレ肉（にく）
hi.re.ni.ku
牛菲力

豚（ぶた）カルビ
bu.ta.ka.ru.bi
五花豬肉

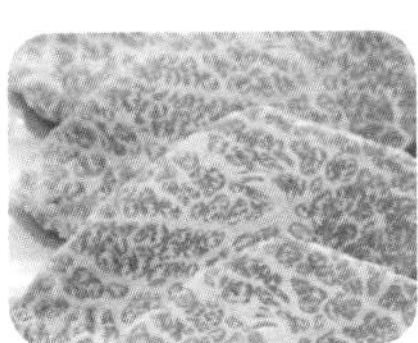

松坂牛（まつさかうし）
ma.tsu.sa.ka.u.shi
松阪牛肉

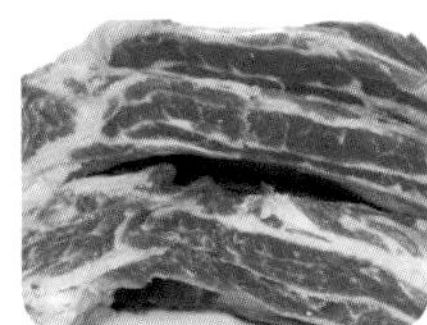

中落（なかお）ちカルビ
na.ka.o.chi.ka.ru.bi
牛骨間肉

会話3 (087)

A：ラストオーダーのお時間（じかん）です。ほかにご注文（ちゅうもん）はありますか。

B：豚肉（ぶたにく）を5人前（ごにんまえ）追加（ついか）してください。

C：うそ、まだ入（はい）るの？

B：この店（みせ）の焼肉（やきにく）はおいしくてやめられないよ。

A：最後點菜時間到了。請問有需要加點嗎？
B：我要再加點五人份豬肉。
C：不會吧！你還吃得下呀？
B：因為這間店的烤肉好吃到停不下來啊！

会話4 088

A：大変申し訳ございませんが、ただいま満席となっておりますので、しばらく待っていただくことになりますが。

B：どのぐらい待ちますか。

A：えーと、後5組様ですから、大体1時間ぐらいになると思いますが。

B：そんなに待つんですか。

A：相席でもよろしければ、10分ほどでお席にご案内できると思いますが。

B：いいえ、それはいいです。

A：真的非常抱歉，現在全都客滿了，要請您稍等一會兒。
B：需要等多久？
A：排在您的前面還有5組客人，所以大概還要等一個小時。
B：要等那麼久啊？
A：若是您可以接受併桌的話，我想大約10分鐘後就可為您帶位了。
B：不，那就不用了。

一度はふぐ鍋を食べてみたいです。

i.chi.do.wa.fu.gu.na.be.o.ta.be.te.mi.ta.i.de.su.

至少想吃一次河豚鍋看看。

ちゃんこ鍋（なべ）
chan.ko.na.be
相撲鍋

あんこう鍋（なべ）
an.kou.na.be
鮟鱇魚鍋

どじょう鍋（なべ）
do.jō.na.be
泥鰍鍋

豆乳鍋（とうにゅうなべ）
tō.nyu.na.be
泥鰍鍋

土佐鍋（とさなべ）
to.sa.na.be
土佐鍋

湯豆腐（ゆどうふ）
yu.dō.fu
豆腐湯鍋

カレー鍋（なべ）
ka.rē.na.be
咖哩鍋

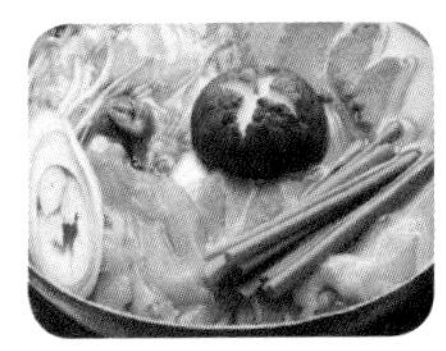

鴨鍋（かもなべ）
ka.mo.na.be
鴨肉鍋

豆知識　來嚐嚐相撲力士的私房鍋【ちゃんこ鍋（なべ）】

「相撲鍋」原本是給相撲選手練習後吃的私房力士料理，配料營養豐富且份量多，因為太美味被廣為流傳，是深受喜愛的日式傳統大火鍋。

「相撲鍋」裡無論什麼食材都可以放下去煮，除了大量的蔬菜，還加有肉、海鮮、日式年糕、魚板等等的豐富食材，跟「寄せ鍋（よせなべ）」（什錦火鍋）很像。

すき焼(や)きって、どんな鍋料理(なべりょうり)ですか。

su.ki.ya.ki.tte, don.na.na.be.ryō.ri.de.su.ka.

所謂的壽喜燒鍋，是哪種火鍋料理呢？

石狩鍋(いしかりなべ)

i.shi.ka.ri.na.be

鮭魚鍋

しゃぶしゃぶ

sha.bu.sha.bu

涮涮鍋

かきの土手鍋(どてなべ)

ka.ki.no.do.te.na.be

牡蠣味噌陶鍋

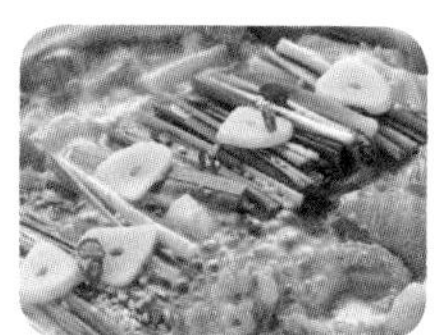

もつ鍋(なべ)

mo.tsu.na.be

內臟鍋

猪鍋(ししなべ)

shi.shi.na.be

山豬肉鍋

ちり鍋(なべ)

chi.ri.na.be

魚肉鍋

豆知識

甜而不膩的【すき焼(や)き】

「壽喜燒鍋」是火鍋料理的一種。一般來說「壽喜燒鍋」用的是比較淺的鐵鍋，將切薄的肉片（多用牛肉）及長蔥、日式茼蒿、香菇、金針菇、烤豆腐、蒟蒻絲等等的食材一起半煮半煎。

「壽喜燒鍋」基本上多半使用醬油、味醂和砂糖來做湯底調味，不同於涮涮鍋用的較薄肉片輕輕涮過就可食用，「壽喜燒鍋」用的肉片多半切得比火鍋用的要來得更厚一些。

另外，因為使用的鍋子很淺，因此「壽喜燒鍋」的湯汁也比較少，是口味較濃郁偏甜的火鍋。

091

お鍋(なべ)に春菊(しゅんぎく)をいっぱい入(い)れるのが大好(だいす)きです。

o.na.be.ni.shun.gi.ku.o.i.ppa.i.i.re.ru.no.ga.da.i.su.ki.de.su.

我超喜歡在火鍋裡放很多的春菊（日本茼蒿）。

白菜(はくさい)
ha.ku.sa.i
大白菜

長(なが)ねぎ
na.ga.ne.gi
青蔥

キャベツ
kya.be.tsu
高麗菜

えのき茸(たけ)
e.no.ki.ta.ke
金針菇

高野豆腐(こうやどうふ)
kō.ya.dō.fu
凍豆腐

木綿豆腐(もめんどうふ)
mo.men.dō.fu
木棉豆腐（嫩豆腐）

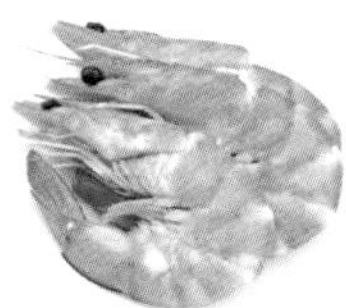

海老(えび)
e.bi
蝦子

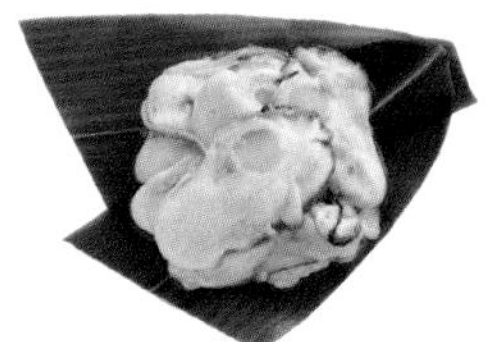

カキ
ka.ki
鮮蚵

豆知識　何謂【しゃぶしゃぶ】？

「しゃぶしゃぶ」相當於我們的涮涮鍋。指的就是將切得極薄的肉在加有蔬菜、豆腐等食材熬煮的滾燙湯鍋裡，輕輕地涮幾下等肉變色後沾醬汁吃的火鍋料理。

日本的「しゃぶしゃぶ」一般常用的沾醬有「ゴマダレ」（芝麻醬）和「ポン酢」（柑桔醋醬）；而我們吃「涮涮鍋」最常用的沾醬是醬油裡加上沙茶醬跟蔥花。

しゃぶしゃぶ

会話1 092

A：寒(さむ)い季節(きせつ)になると鍋(なべ)がおいしいですね。

ねえ、おいしくて美容(びよう)にもいい鍋料理(なべりょうり)はありませんか。

B：美容(びよう)にはモツの味噌煮込(みそにこ)み鍋(なべ)がいいですよ。

モツにはコラーゲンが豊富(ほうふ)に含(ふく)まれるので美肌効果(びはだこうか)がありますから。

A：天氣變冷了時吃火鍋最好了。有沒有好吃又養顏的火鍋？

B：味噌滷牛雜火鍋對美容養顏很不錯。因為牛雜裏富含大量的膠原蛋白，對肌膚保養有效果。

豆知識　養顏美容聖品【もつ鍋(なべ)】和【ホルモン鍋(なべ)】

無論是「もつ鍋」或是「ホルモン鍋」都是由牛或豬的內臟（小腸或大腸等內臟肉）作為主要得食材的火鍋料理。

而「もつ鍋」近幾年較流行的吃法是在鍋裡放入大量的韭菜、高麗菜和可以消除動物內臟臭味的蒜頭跟「もつ/ホルモン」等動物內臟一起燉滷。

由於「もつ/ホルモン」有豐富的維他命A群、B群、還有鐵、鉛等的礦物質，除此之外也含有大量的膠原蛋白且熱量較低，對美容或是健康絕對是一級棒的食物。

寄せ鍋には何が入っていますか。

yo.se.na.be.ni.wa.na.ni.ga.ha.i.tte.i.ma.su.ka.

什錦火鍋裏面放的是什麼？

肉団子などが入っています。

ni.ku.dan.go.na.do.ga.ha.i.tte.i.ma.su.

裡面放肉丸子等食材。

かき

ka.ki

牡蠣（蚵）

蛤（蚌）

ha.ma.gu.ri

文蛤

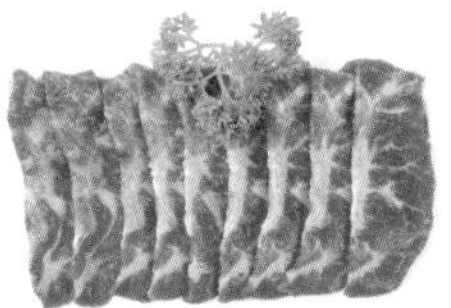

牛肉

gyū.ni.ku

牛肉

豚肉

bu.ta.ni.ku

豬肉

魚

sa.ka.na

魚肉

かまぼこ

ka.ma.bo.ko

魚板

水菜

mi.zu.na

水菜

おもち

o.mo.chi

年糕

しいたけ

shi.i.ta.ke

香菇

白滝

shi.ra.ta.ki

蒟蒻絲

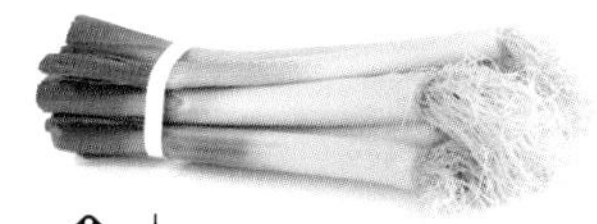

豆知識　長蔥也是菜?!

日本的長蔥比較粗，外觀類似我們的蒜。長蔥對日本人來說比較像是蔬菜，也是日本人吃火鍋時一定會放的食材之一。

会話２ 094

A：鍋(なべ)に残(のこ)ったスープ、もったいないですね。

（店員(てんいん)に向(む)かって）

B：すみません、ご飯(はん)とチーズを２人前(ににんまえ)ください。

B：全部(ぜんぶ)入(い)れて煮込(にこ)むと、しゃぶしゃぶの残(のこ)り

スープがおいしい雑炊(ぞうすい)になりますよ。

A：なるほど。そういうやりかたがあるのか。

さすが！

A：剩下的湯底真可惜。

（向店員說）

B：麻煩請給我二人份的白飯和起司。

B：全部一起放進去煮，這樣就會將涮涮鍋湯底變成好吃的雜燴粥了。

A：原來如此。原來還有這一招，真有你的！

豆知識　隱藏版美味這樣吃！

吃完各式的火鍋料理後，將鍋底的剩餘湯汁裡放入跟店家要的起司、白飯或是麵等食材，再次開火將之煮熟，變成另一道美味的火鍋湯底料理。此動作日文稱之為「締め（しめ）」，意指吃完這個就結束的意思。

通常最後的加料料理不會再跟店家要湯汁，而是鍋底留有多少湯汁就直接以那些湯汁下去煮，所以並不會煮出來後還是一大鍋，最後要將整個鍋底都吃乾淨，此頓火鍋餐才算心滿意足。

ミックス玉（たま）にします。

mi.kku.su.ta.ma.ni.shi.ma.su.

我要綜合加蛋什錦燒。

野菜玉（やさいたま）
ya.sa.i.ta.ma
蔬菜加蛋

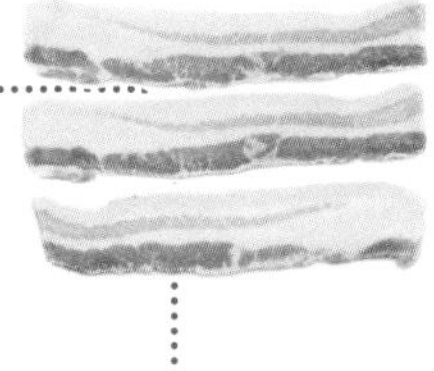

豚玉（ぶたたま）
bu.ta.ta.ma
豬肉加蛋

チーズ玉（たま）
chī.zu.ta.ma
起司加蛋

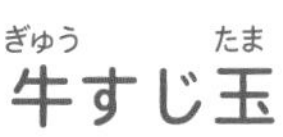

牛すじ玉（ぎゅうすじたま）
gyū.su.ji.ta.ma
牛筋加蛋

えび玉（たま）
e.bi.ta.ma
蝦仁加蛋

いか玉（たま）
i.ka.ta.ma
花枝加蛋

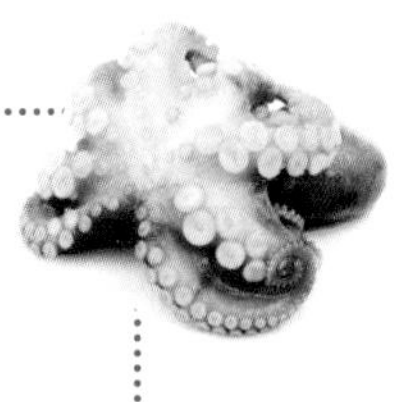

たこ玉（たま）
ta.ko.ta.ma
章魚加蛋

スペシャル玉（たま）
su.pe.sha.ru.ta.ma
豪華特製加蛋

ソースはどれくらいかければいいですか。

sō.su.wa.do.re.ku.ra.i.ka.ke.re.ba.ī.de.su.ka.

醬汁應該加多少好呢？

かつおぶし
ka.tsu.o.bu.shi
柴魚片

紅(べに)しょうが
be.ni.shō.ga
紅薑

青(あお)のり
a.o.no.ri
青海苔粉

マヨネーズ
ma.yo.nē.zu
美乃滋

豆知識【お好(この)み焼(や)き】和【もんじゃ焼(や)き】大不同

「お好み焼き」（什錦燒）和「もんじゃ焼き」（文字燒）從字面看起來好像是差不多的東西，基本上都是鐵板料理的一種，但事實上兩者還是有一些不同。

文字燒的最大特徵就是為了方便一邊攪拌一邊煎烤，所以麵糊含水量較多，比較沒那麼濃稠，且文字燒會先將調味料拌入麵糊裏，在鐵板上煎烤至水分完全收乾時，再用文字燒的「へら」（鍋鏟）將之壓平直到表面烤至微焦酥脆即可食用。

什錦燒的餡料除了在麵糊裏加上麵條、蔬菜（特別是大量的高麗菜絲）、豆芽菜、肉、雞蛋等，如日文「お好み」所示，還可以依照個人喜好加入喜歡的食材一起層層堆疊煎烤，在煎烤好後再淋上醬汁和美乃滋做最後調味動作。

另外，在習慣上，文字燒基本上被當作點心，通常會與多數人一起分食享用，而什錦燒則是可以當作正餐，並且以一人一份為原則。

鉄板焼きってどういう料理なんですか。

te.ppan.ya.ki.tte.dō.i.u.ryō.ri.nan.de.su.ka.

鐵板燒是什麼樣的料理？

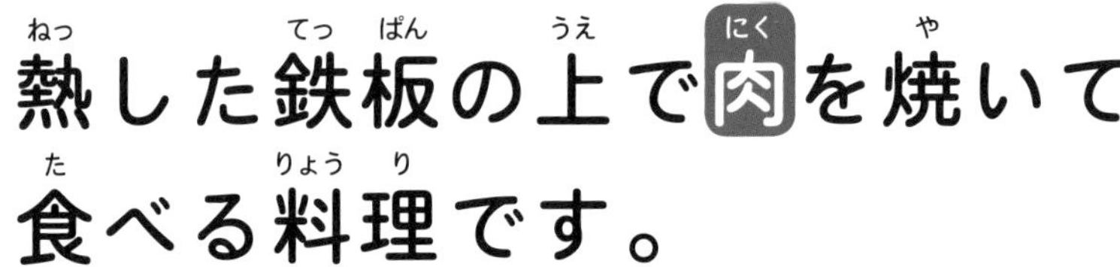

熱した鉄板の上で肉を焼いて食べる料理です。

ne.sshi.ta.te.ppan.no.u.e.de.ni.ku.o.ya.i.te.ta.be.ru.ryō.ri.de.su.

是在加熱的鐵板上燒烤肉的料理。

野菜

ya.sa.i

蔬菜

シーフード

shī.fū.do

海鮮

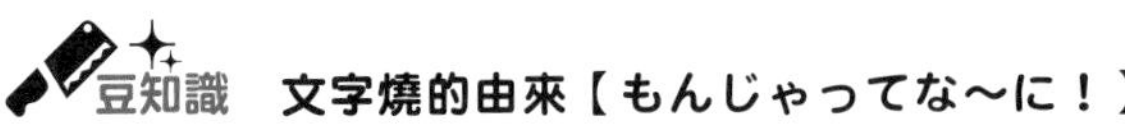

豆知識　文字燒的由來【もんじゃってな～に！】

文字燒在明治時代時是「駄菓子屋（だがしや）（零食雜貨店）為了小孩子所煎烤的零食點心，很受到孩子們的歡迎。但是單純的煎烤太無聊，所以就發展出在鐵板上攪拌麵糊的同時，一邊教小孩子認字（用麵糊寫字順便煎烤），之後這種煎烤庶民點心就被稱作「もんじ焼き」或是「もんじゃ焼き」。

現在，在東京的下町（指淺草、下谷、神田、日本橋…等地區）和埼玉縣南部、東部、群馬縣東部及栃木縣的南部還能找到文字燒的店家。

会話1 098

A：お好み焼きって、どうやって焼くんですか。教えてください。

B：まず、具をよく混ぜてください。

A：自分で焼くなんて面白そう！そして？

B：具を鉄板の上に広げて、均一の厚さにしてください。

A：ひっくり返してもいいですか。

B：まだです。もうすこし焼いてからです。

A：什錦燒要怎麼烤呢？請教教我。
B：首先，先將食材好好地攪拌一下。
A：自己動手作真有趣，然後呢？
B：請將餡料以相同的厚度平鋪在鐵板上。
A：可以翻面了嗎？
B：還沒，還需要再煎一會兒喔！

お好(この)み焼(や)きにはキャベツが定番(ていばん)の食材(しょくざい)です。

o.ko.no.mi.ya.ki.ni.wa.kya.be.tsu.ga.te.i.ban.no.sho.ku.za.i.de.su.

高麗菜是什錦燒的必要食材。

もやし	カツオの粉(こな)	豚肉(ぶたにく)
mo.ya.shi	ka.tsu.o.no.ko.na	bu.ta.ni.ku
豆芽菜	鰹魚粉	豬肉

中華(ちゅうか)めん	うどん	玉子(たまご)
chū.ka.men	u.don	ta.ma.go
麵條	烏龍麵	雞蛋

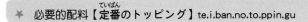

★ 必要的配料【定番(ていばん)のトッピング】te.i.ban.no.to.ppin.gu

イカ天(てん)	イカ	ねぎ	エビ
i.ka.ten	i.ka	ne.gi	e.bi
炸花枝	花枝	蔥	鮮蝦

もち	チーズ	カキ	コーン
mo.chi	chī.zu	ka.ki	kō.n
年糕	起司	鮮蚵	玉米

会話2 100

A：メニューがよくわかりません。説明(せつめい)してもらえませんか。

B：わかりました。それではこちらの写真(しゃしん)をご参考(さんこう)ください。

A：これには何(なに)がはいってますか。

B：豚肉(ぶたにく)とキャベツ、それにかつおぶしなどが入(はい)ってます。

A：我看不懂菜單。能不能幫我作說明？
B：好的，這裡有圖片可以參考。
A：這個裡面有什麼？
B：有放豬肉跟高麗菜還有柴魚等。

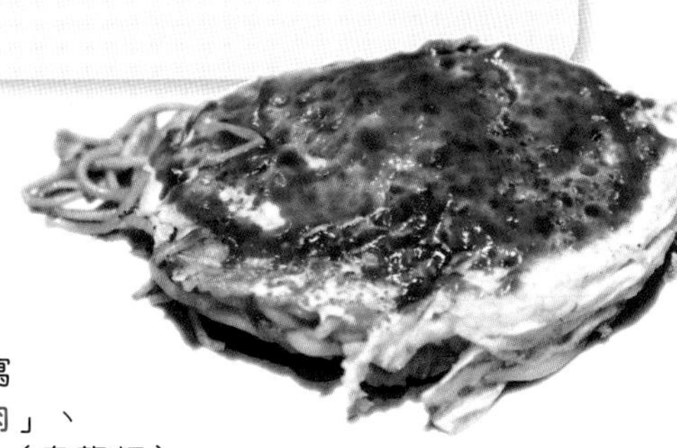

豆知識　如何點什錦燒

在什錦燒店的菜單上「メニュー」會看到寫著「お好み焼き」、「そば（うどん）」、「肉」、「玉子」等字眼，這指的是「有加肉、蛋跟麵條（烏龍麵）」的意思。

在麵條的下方若是寫著「W」則是代表麵條（烏龍麵）用的是雙份量。

也有的地方寫的是「ちゃんぽん」（混合）或是「ミックス」（綜合），則是指麵條跟烏龍麵會各放一份。在廣島，多數的人想吃什錦燒時還會事先跟店家預約，等算好差不多煎烤好的時間後，才會去店裡吃，或是外帶回家。

Unit 18 吃高級法國料理 

ここはおいしいフランス料理(りょうり)で有名(ゆうめい)です。

ko.ko.wa.o.i.shi.i.fu.ran.su.ryō.ri.de.yū.me.i.de.su.

這裏以好吃的法國料理聞名。

フォアグラ
fo.a.gu.ra
鵝肝醬

トリュフ
to.ryu.fu
松露

キャビア
kya.bi.a
魚子醬

ポークソテー
pō.ku.so.tē
煎豬排

さっき、食(た)べたブイヤベースがとってもいい味(あじ)でした。

sa.kki.ta.be.ta.bu.i.ya.bē.su.ga.to.tte.mo.ī.a.ji.de.shi.ta.

剛剛吃的海鮮魚湯非常美味。

牛肉(ぎゅうにく)の赤(あか)ワイン煮込(にこ)み
gyū.ni.ku.no.a.ka.wa.in.ni.ko.mi
紅酒燉牛肉

ポルチーニ
po.ru.chī.ni
牛肝菌

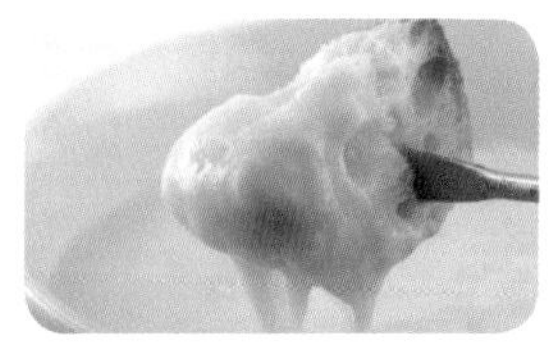

チーズフォンデュ
chī.zu.fon.dyu
起司火鍋

<ruby>今夜<rt>こんや</rt></ruby>のコースメニューはいかがですか。

kon.ya.no.kō.su.me.nyū.wa.i.ka.ga.de.su.ka.

今晚的套餐菜色還合您口味嗎？

オードブル
ō.do.bu.ru
開胃前菜

スープ
sū.pu
湯品

メインディッシュ
me.in.di.sshu
主菜

デザート
de.zā.to
甜點

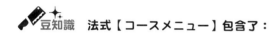

豆知識　法式【コースメニュー】包含了：

法國料理通常是套餐形式，並且有一定的出菜順序。

首先一定會有「**食前酒**（しょくぜんしゅ／アペリチフ）」（餐前酒），一般來說主菜是肉類的話，酒的選擇會搭配紅酒，魚介類料理則搭配白酒；然後是「アミューズ」（小菜），這個有時不會寫在菜單上；再來是「オードブル」（前菜），前菜的數量不限一道；緊接著是「スープ」（湯品）。

料理跟料理的中間還會上一種專為轉換味覺的「グラニテ」（冰菓）；進入主菜則有兩種選擇：魚介類料理或是肉類料理；之後還會再上「フロマージュ」（起司）；最後來到「デザート」（甜點）的尾聲階段，再配上一杯濃郁的餐後咖啡或紅茶，這就是精緻且優雅浪漫的法國套餐料理。

会話1 103

A：このレストランは超有名(ちょうゆうめい)で、予約(よやく)は3ヶ月(さんげつ)待(ま)ちだったんです。

B：すごいですね、しかも窓際(まどぎわ)の一番(いちばん)いい席(せき)。

A：内装(ないそう)もおしゃれだし、料理(りょうり)も高級(こうきゅう)な食材(しょくざい)を使(つか)った店(みせ)です。

B：東京(とうきょう)の夜景(やけい)を眺(なが)めながら、ロマンチックな夜(よる)を過(す)ごせるなんて、本当(ほんとう)に幸(しあわ)せ～

A：這間餐廳超有名，我花了三個月才預約到位子。
B：真是太厲害了，還是靠窗的最好位子！
A：這間店的裝潢時髦且使用高級食材做料理。
B：一邊看東京的夜景一邊享受浪漫的夜晚，真是幸福啊！

豆知識　法式餐桌禮儀【代表的(だいひょうてき)なマナー】

用餐途中離席時，要把餐巾放在椅子上。刀和叉依出菜順序，從擺放在最外側的依序使用。如果你吃到一半要暫時放下刀子和叉子的話，以盤子為中心，左邊叉子右邊刀子，擺成八字狀，就代表你還要吃。

用完餐後，刀叉併攏，刀口朝內側，叉口指向左上方，一起斜放在最上層的盤子上，就代表你不吃了。

会話 2 (104)

A：やっぱりフランス料理（りょうり）にはワインがないと、雰囲気（ふんいき）が出（で）ませんよ。

B：じゃ、今日（きょう）はせっかくだから、ワインを飲（の）みましょう。

A：飲（の）みたいけど、ここのワインだと安（やす）くないでしょう。

B：ボーナスが入（はい）ったばかりだから、そのぐらいはごちそうします。白（しろ）と赤（あか）、どっちがいいですか。

A：赤（あか）ワインがいいです。

A：吃法國料理若沒有葡萄酒，完全沒有氣氛耶！

B：那麼今天難得吃法國料理，來喝點兒葡萄酒吧！

A：雖然我很想喝，可是這裏的葡萄酒應該不便宜吧？

B：我剛領獎金，所以我來請客。白酒和紅酒，哪個好呢？

A：那就紅葡萄酒囉！

こんな高級（こうきゅう）な日本料理（にほんりょうり）を食（た）べるのは初（はじ）めてです。

kon.na.kō.kyū.na.ni.hon.ryō.ri.o.ta.be.ru.no.wa.ha.ji.me.te.de.su.

我第一次吃這麼高級的日本料理。

高価（こうか）な
kō.ka.na
昂貴的

豪華（ごうか）な
gō.ka.na
豪華的

贅沢（ぜいたく）な
ze.i.ta.ku.na
奢侈的

上質（じょうしつ）な
jō.shi.tsu.na
上等的

ふぐ料理（りょうり）
fu.gu.ryō.ri
河豚料理

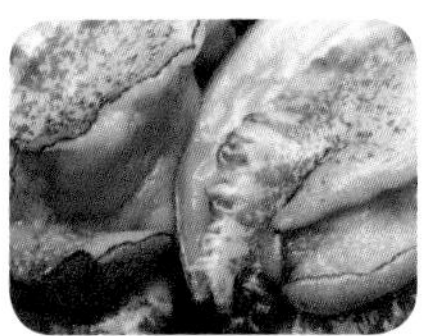

鮑料理（あわびりょうり）
a.wa.bi.ryō.ri
鮑魚料理

宴会（えんかい）コース
en.ka.i.kō.su
宴會料理

懐石料理（かいせきりょうり）
ka.i.se.ki.ryō.ri
懷石料理

うな重（じゅう）
u.na.jū
鰻魚飯

蟹料理（かにりょうり）
ka.ni.ryō.ri
螃蟹料理

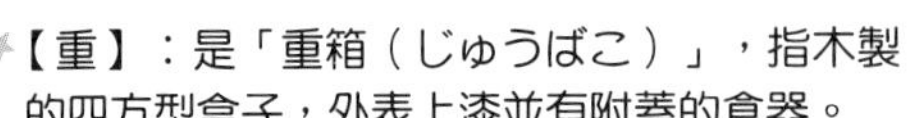
✶【重】：是「重箱（じゅうばこ）」，指木製的四方型盒子，外表上漆並有附蓋的食器。

会話1 106

A：えー、こちらのコース料理(りょうり)は一人(ひとり)あたり3万円(さんまんえん)と書(か)いてあります。お金(かね)持(も)ってますか。

B：まあ、1万円(いちまんえん)あれば、コース料理(りょうり)でもいけるかな～と思(おも)ってたから、1万5千円(いちまんごせんえん)しか持(も)ってきていません。

A：それはかなりの予算(よさん)オーバーです。単品注文(たんぴんちゅうもん)にしましょう。

A：哇！這裏的菜單上寫著套餐料理一個人要三萬日圓耶！　你有帶夠錢嗎？
B：啊！我以為有一萬日圓的預算吃套餐料理應該沒問題，所以只帶了一萬五千日圓。
A：這樣超過預算，我們改單點吧！

【懐石料理(かいせきりょうり)】和【会席料理(かいせきりょうり)】的不同

「会席料理」指的就是提供酒宴的料理。在「本膳料理」廢除的現代，「会席料理」是根據儀式順序出菜的正統日本料理。「会席」原本指的是「連歌」和「俳諧」的席位，跟「懐石料理」的發音相同，且規則也大同小異，因此這兩者也常被混為一談，但是到了近代有被明確的區分出來。

簡單扼要來說明區別的話，就是「懐石料理」最主要是以「品茗」為出發點，為了更能品嘗出茶的美好滋味，在喝茶之前所準備的料理；「会席料理」則是以「飲酒」為目的所搭配的酒宴料理。

今まで食べた中で一番おいしいカニミソです。

i.ma.ma.de.ta.be.ta.na.ka.de.i.chi.ban.o.i.shi.i.ka.ni.mi.so.de.su.

這是我吃過最好吃的蟹膏。

伊勢海老	うに	松茸	ずわいがに
i.se.e.bi	u.ni	ma.tsu.ta.ke	zu.wa.i.ga.ni
伊勢龍蝦	海膽	松茸	雪蟹

今日の車えびはとても新鮮です。

kyō.no.ku.ru.ma.e.bi.wa.to.te.mo.shin.sen.de.su.

今天的明蝦很新鮮。

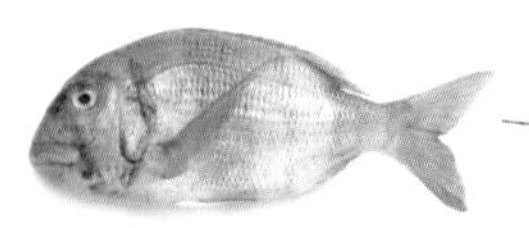

さざえ	帆立貝	鯛	かじき
sa.za.e	ho.ta.te.ga.i	ta.i	ka.ji.ki
蠑螺	扇貝	鯛魚	旗魚

ここの出汁（だしじる）は独特（どくとく）の香（かお）りと優（やさ）しい味（あじ）わいがあります。

ko.ko.no.da.shi.ji.ru.wa.do.ku.to.ku.no.ka.o.ri.to.ya.sa.shī.a.ji.wa.i.ga.a.ri.ma.su.

這裏的高湯有獨特香氣及溫潤口感。

フカヒレの姿煮（すがたに）
fu.ka.hi.re.no.su.ga.ta.ni
燉煮魚翅

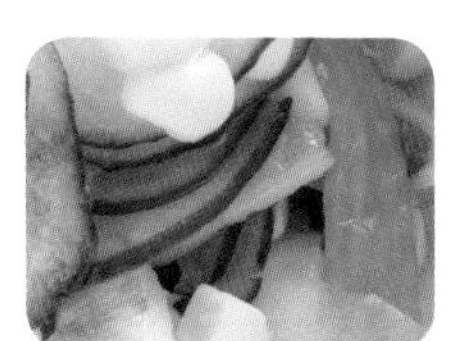

かにの酢（す）の物（もの）
ka.ni.no.su.no.mo.no
醋漬螃蟹

お吸（す）い物（もの）
o.su.i.mo.no
日式清湯

鶏（とり）スープ
to.ri.sū.pu
雞湯

✶【姿煮】一般指的是將魚連頭帶尾一整條（意即完整的）下去燉煮。

豆知識　何謂【献立（こんだて）】?!

「献立」指的就是在餐桌上會出現的料理種類跟順序，將之一項一項記載下來的表格或是單子，也稱作「献立書（こんだてがき）」或是「献立表（こんだてひょう）」。形式上等同於西方的「Menu / メニュー」，亦或是中華料理裏的「菜單」。

日本的「献立」以飯、湯、菜的組合為基本形式，從一湯三菜到、一湯五菜甚至二湯七菜或是三湯七菜等的組合都有。在料亭（高級日本料理店）中，整份菜單裡的「コース」依情況包含：

- 先付（さきづけ）：小菜
- 八寸（はっすん）：
  有數種盛盤料理的四方形木製餐盤，長寬約24公分大小
- 作り（つくり）：生魚片
- 煮物（にもの）：燉滷物
- 焼き物（やきもの）：燒烤物
- 揚げ物（あげもの）：油炸物
- 酢物（すもの）：醋漬物
- 吸物（すいもの）：湯品

高級品の黒アワビは鮮度、味、食感が全然違います。

（こうきゅうひん の くろ アワビ は せんど、あじ、しょっかん が ぜんぜん ちが います。）

kō.kyū.hin.no.ku.ro.a.wa.bi.wa.sen.do, a.ji, sho.kkan.ga.zen.zen.chi.ga.i.ma.su.

頂極黑鮑魚的鮮度、味道和口感就是不一樣。

からすみ
ka.ra.su.mi
烏魚子

ナマコ
na.ma.ko
海参

タラコ
ta.ra.ko
鱈魚子

シロアマダイ
shi.ro.a.ma.da.i
白甘鯛魚

カンパチ
kan.pa.chi
紅甘

ヒラスズキ
hi.ra.su.zu.ki
平鱸

とらふぐ
to.ra.fu.gu
虎河豚

真鯖（まさば）
ma.sa.ba
白腹鯖

キビナゴ
ki.bi.na.go
丁香魚

大型（おおがた）タチウオ
ō.ga.ta.ta.chi.u.o
大型白帶魚

ウスバハギ
u.su.ba.ha.gi
剝皮魚

イセエビ
i.se.e.bi
伊勢龍蝦

会話2 110

A：明日(あした)の夜(よる)の予約(よやく)を取(と)りたいのですが。

B：はい、何時(なんじ)ごろですか。

A：7時(しちじ)からで、5人(ごにん)です。

B：すみません、この時間(じかん)は個室(こしつ)しかありませんが、よろしいでしょうか。

A：はい、お願(ねが)いします。

A：我想要訂明天晚上的位子。
B：好的，請問幾點？
A：七點，五個人。
B：很抱歉，這個時段只剩包廂，請問包廂可以嗎？
A：好的，麻煩你了。

關於【料亭(りょうてい)】和【割烹(かっぽう)】

◎ 料亭（りょうてい）

指的是高級的日本料理店。一般企業的接待，宴會招待或是商業會談、重要人物會晤或是政治家的密談等多半都會選擇在「料亭」裡低調進行。

「料亭」除了提供包廂座位，還有芸妓歌舞相伴，且店內空間寬敞，裝飾奢華講究，女服務生上菜時會細心擺盤並針對食材及烹調作法，一道道詳加說明。

◎ 割烹（かっぽう）

是傳統日本料理的總稱，同時也指高級的日本料理。「**会席料理**」、「**懐石料理**」、「**精進料理**（類似齋戒料理，一種不殺生不使用肉類的素食料理）」都是「**割烹**」。有的「割烹」設有櫃檯座位，可以與廚師直接點菜或是輕鬆對話互動。

字面上來說：「**割**」即菜刀之意，「**烹**」是指用火來烹調的料理法。

作ってみよう

エビとアスパラのトマトスパゲッティ

材料（2人分）

スパゲッティ	160g
えび（殻付き）	10尾
グリーンアスパラガス	4本
トマト（大）直径7cm位	1個
にんにく	2片
オリーブオイル	大さじ1
塩	大さじ1
だし粉	大さじ1

1. えびは殻をむいて、背ワタを取る。アスパラは根元のかたい部分をピーラーでむいて、斜めに切る。トマトを食べやすい大きさに切る。

2. スパゲッティをゆではじめる。

3 フライパンにオリーブオイルを入れて、弱火でにんにく、えびとアスパラを炒める。火が通ったら、えびとアスパラを取り出す。

4 フライパンにスパゲッティのゆで汁（大さじ1）とトマトを入れて煮詰める。トマトの水分がトロッとしたら、（3）のえび・アスパラを再度加えて２～３分煮る。塩とだし粉を入れて味を整える。

5 （4）にゆでたスバゲッティを加えて、強火でからめたら出来上がり！

4

下午茶篇

113

イチゴケーキは季節限定販売です。

i.chi.go.kē.ki.wa.ki.se.tsu.gen.te.i.han.ba.i.de.su.

草莓蛋糕是季節限定推出。

シュークリーム	モンブラン	アップルパイ	スフレ
shū.ku.rī.mu	mon.bu.ran	a.ppu.ru.pa.i	su.fu.re
泡芙	（栗子）蒙布朗	蘋果派	舒芙蕾

会話1 114

A：カステラの賞味期限はいつまでですか。

B：冷蔵庫で三日間くらい保存できます。

A：常温で保存できませんか。

B：できるだけ、本日中にお召し上がりください。

A：請問蜂蜜蛋糕可以放多久？
B：放冰箱的話，能保存三天左右。
A：無法在常溫下保存嗎？
B：請儘量在當天食用。

ショーケースの中(なか)にケーキが並(なら)んでいます。

shō.kē.su.no.na.ka.ni.kē.ki.ga.na.ran.de.i.ma.su.

櫥窗裏陳列著蛋糕。

ロールケーキ
rō.ru.kē.ki
瑞士捲

チョコレートケーキ
cho.ko.rē.to.kē.ki
巧克力蛋糕

ムースケーキ
mū.su.kē.ki
慕斯蛋糕

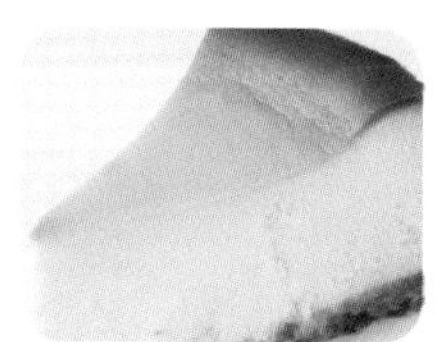

チーズケーキ
chī.zu.kē.ki
起士蛋糕

ブラウニー
bu.ra.u.nī
布朗尼蛋糕

シフォンケーキ
shi.fon.kē.ki
戚風蛋糕

ミルクレープ
mi.ru.ku.rē.pu
千層蛋糕

パウンドケーキ
pa.un.do.kē.ki
重奶油蛋糕

フルーツケーキ
fu.rū.tsu.kē.ki
水果蛋糕

チョコレートラバ
cho.ko.rē.to.ra.ba
巧克力熔岩蛋糕

プチフール
pu.chi.fū.ru
法式花式小蛋糕

ボストンクリームパイ
bo.su.ton.ku.rī.mu.pa.i
波士頓派

116

キャラクターケーキは子供(こども)への誕生日(たんじょうび)プレゼントに最適(さいてき)です。

kya.ra.ku.tā.kē.ki.wa.ko.do.mo.e.no.tan.jō.bi.pu.re.zen.to.ni.sa.i.te.ki.de.su.

卡通造型蛋糕很適合送給小朋友當生日禮物。

似顔絵(にがおえ)ケーキ
ni.ga.o.e.kē.ki
肖像蛋糕

イラストケーキ
i.ra.su.to.kē.ki
創意造型蛋糕

超立体(ちょうりったい)ケーキ
chō.ri.tta.i.kē.ki
立體造型蛋糕

会話2 117

A：このケーキを綺麗(きれい)にラッピングしてください。

B：誕生日用(たんじょうびよう)ですか。ろうそくは必要(ひつよう)ですか。

A：はい、１０本(じゅっぽん)ください。

A：請把這個蛋糕包漂亮一點！
B：是用來慶生的嗎？需要蠟燭嗎？
A：是的，請給我10根蠟燭。

会話3 118

A：こちらではバイキングスタイルになっております。

B：もう少し取ってもよろしいですか。

A：制限時間内であれば、ご自由にお取りください。

A：這裏的下午茶採自助式方式。

B：可以多拿一點嗎？

A：限制的時間內請自由取用。

会話4 119

A：このケーキ屋はテレビで紹介されました。

B：知ってます、この店はとても有名です。

A：看板メニューのカステラは味が特別で、

並ばなければ買えないんですって。

B：ああ～想像しただけで、よだれがでちゃいます。

A：這家蛋糕店有在電視節目上介紹過。

B：我知道啊！這家店現在很有名。

A：聽說招牌的蜂蜜蛋糕的口味很特別，要排隊才能買得到。

B：啊～光用想像的，口水就快要流出來了。

Unit 21 日式甜點 ✶ 120

最近(さいきん)、和菓子(わがし)にはまっています。

sa.i.kin, wa.ga.shi.ni.ha.ma.tte.i.ma.su

我最近很迷日式糕點。

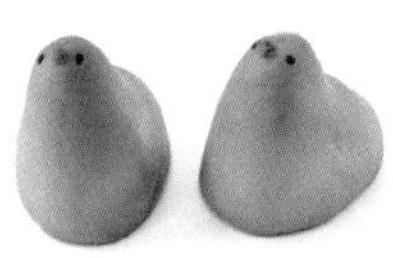

葛餅(くずもち)
ku.zu.mo.chi
葛粉糕

豆大福(まめだいふく)
ma.me.da.i.fu.ku
日式豆餡麻糬

ぜんざい
zen.za.i
紅豆（粒）湯

✶【しるこ】：紅豆（沙）湯。

小倉白玉(おぐらしらたま)
o.gu.ra.shi.ra.ta.ma
紅豆湯圓

ぼた餅(もち)
bo.ta.mo.chi
牡丹餅

わらび餅(もち)
wa.ra.bi.mo.chi
蕨餅

草餅(くさもち)
ku.sa.mo.chi
艾草餅

羊羹(ようかん)
yō.kan
羊羹

豆知識 精緻的日式糕點【和菓子(わがし)】

「和菓子」指的是日本特有的傳統糕點或是指有日本風的糕點。例如：「まんじゅう」（日式紅豆餡糕點）、「羊かん」（羊羹）、「落雁（らくがん）」（類似鳳眼糕的糕點）、「せんべい」（煎餅 / 仙貝）、「飴（あめ）」（糖果）等等具有日本風味與口感的糕點。「和菓子」的相反詞是「洋菓子」（西式糕點），有別於西式糕點的製作材料以牛油或牛奶為基本，日式糕點以素食的穀類、果實、山草為基本，且無論在食材上的運用及外觀製作也特別注重季節感的豐富呈現。

日式甜品屋【甘味処(かんみどころ)】

專賣日本傳統甜食糕點店。日文念作「かんみどころ」或「あまみどころ」。特別是指有賣「あんみつ」（蜜豆沙）跟「団子（だんご）」（糯米丸子）等糕點的店。

今日(きょう)のおやつはせんべいにします。

kyō.no.o.ya.tsu.wa.sen.be.i.ni.shi.ma.su.

今天的點心吃仙貝。

どら焼(や)き
do.ra.ya.ki
銅鑼燒

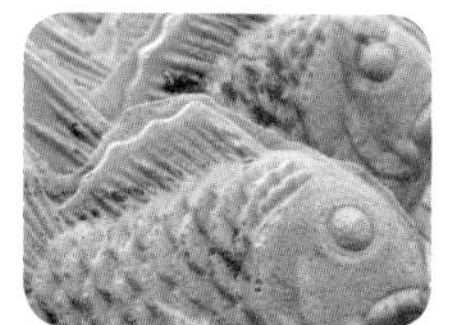

鯛焼(たいや)き
ta.i.ya.ki
鯛魚燒

まんじゅう
man.jū
日式紅豆餡饅頭

今川焼(いまがわや)き
i.ma.ga.wa.ya.ki
車輪餅

✶【どら焼き】是著名卡通人物多拉A夢最喜歡的點心。

甘味処(かんみどころ)といったら白玉(しらたま)あんみつを思(おも)い出(だ)しますね。

kan.mi.do.ko.ro.to.i.tta.ra.shi.ra.ta.ma.an.mi.tsu.o.o.mo.i.da.shi.ma.su.ne.

說到日式甜品屋就會想到湯圓蜜豆沙。

水菓子(みずがし)
mi.zu.ga.shi
水菓子

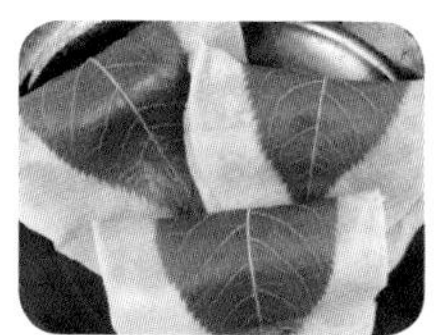

桜餅(さくらもち)
sa.ku.ra.mo.chi
櫻花麻糬

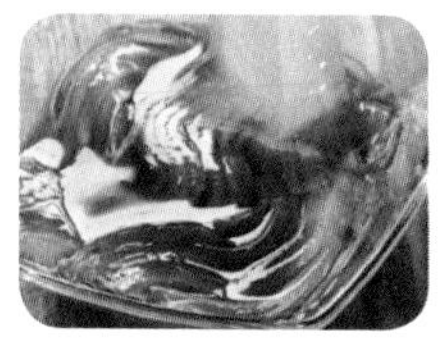

葛(くず)きり
ku.zu.ki.ri
葛粉條

三色(さんしょく)だんご
san.sho.ku.dan.go
三色丸子

122

お茶の渋みと和菓子の甘さはよく合います。

o.cha.no.shi.bu.mi.to.wa.ga.shi.no.a.ma.sa.wa.yo.ku.a.i.ma.su.

茶的澀和日式糕點的甜非常搭。

りょくちゃ
緑茶
ryo.ku.cha
緑茶

まっちゃ
抹茶
ma.ccha
抹茶

せんちゃ
煎茶
sen.cha
煎茶

ちゃ
ほうじ茶
hō.ji.cha
焙茶

駄菓子の味が懐かしいです。

da.ga.shi.no.a.ji.ga.na.tsu.ka.shi.i.de.su.

古早味零食有股令人懷念的滋味。

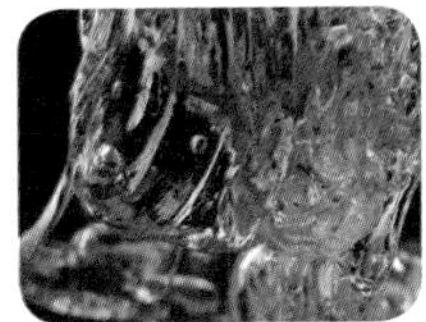

みずあめ
水飴
mi.zu.a.me
麥芽糖

こんぺいとう
金平糖
kon.pe.i.tō
金平糖

おこし
o.ko.shi
米香

かりんとう
ka.rin.tō
日式麻花

★【駄菓子屋】是零食雜貨鋪，相當於我們小時候 的柑仔店，多半賣的都是小孩子的零食。

会話1 123

A：夏(なつ)はかき氷(ごおり)の季節(きせつ)です。

B：何(なに)をかけますか。私(わたし)は、イチゴシロップに練乳(れんにゅう)をかけるのが好(す)きですね。

A：カルピスがけも大好(だいす)きです。あとは、宇治金時(うじきんとき)もおいしいですよ～

C：抹茶味(まっちゃあじ)の氷(こおり)にバニラアイスとあんこ、白玉(しらたま)をのせて食(た)べると熱(あつ)い夏(なつ)も涼(すず)しくなります！

A：夏天是吃刨冰的季節。

B：你喜歡淋什麼口味的糖漿呢？我喜歡草莓糖漿加煉乳口味的。

A：我喜歡淋上可爾必思口味的。還有，宇治金時刨冰也很好吃哦～

C：吃了加有香草冰淇淋和紅豆跟湯圓的抹茶冰，就算是炙熱夏天也覺得舒爽起來！

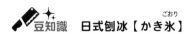

豆知識　日式刨冰【かき氷(ごおり)】

「かき氷」等於我們夏天吃的刨冰，日本人的吃法也是在上頭淋上「シロップ」（糖漿）、「コンデンスミルク」（煉乳）或是加上餡料等。賣「かき氷」的店家多半會在店門口掛上「冰旗」，即白底寫上紅色「冰」字的旗幟。夏季時，在寺廟舉辦的祭典或是祝賀日等跟「綿菓子（わたがし）」（棉花糖）、「たこ焼き（たこやき）」（章魚燒）、「焼きそば（やきそば）」（日式炒麵）同為代表性的廟會小吃。

Unit 22 在咖啡店 124

デザートとコーヒーの組(く)み合(あ)わせは最高(さいこう)です。

de.zā.to.to.kō.hī.no.ku.mi.a.wa.se.wa.sa.i.kō.de.su.

甜點和咖啡的組合真是絕配。

アメリカンコーヒー
a.me.ri.kan.kō.hī
美式咖啡

モカ
mo.ka
摩卡咖啡

炭焼(すみや)きコーヒー
su.mi.ya.ki.kō.hī
炭燒咖啡

ブルーマウンテン
bu.rū.ma.un.ten
藍山咖啡

ブレンドコーヒー
bu.ren.do.kō.hī
特調咖啡

ココア
ko.ko.a
可可亞

ミルクティー
mi.ru.ku.tī
奶茶

ジャスミンティー
ja.su.min.tī
茉莉花茶

ハーブティー
hā.bu.tī
花草茶

ソーダ
sō.da
汽水

コーヒーが苦手(にがて)なら、**ミルク**を少(すこ)し入(い)れたらどうですか。

kō.hī.ga.ni.ga.te.na.ra, mi.ru.ku.o.su.ko.shi.i.re.ta.ra.dō.de.su.ka.

若是不敢喝咖啡，要不要加點牛奶？

コーヒーフレッシュ
kō.hī.fu.re.sshu
奶球

生(なま)クリーム
na.ma.ku.rī.mu
鮮奶油

砂糖(さとう)/シュガー
sa.tō / shu.gā
砂糖

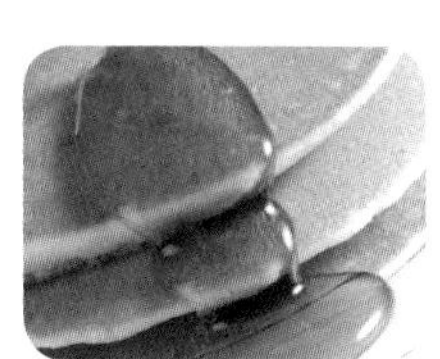

シロップ/ガムシロ
shi.ro.ppu / ga.mu.shi.ro
糖漿

飲(の)み物(もの)は無料(むりょう)でお代(か)わりできますか。

no.mi.mo.no.wa.mu.ryō.de.o.ka.wa.ri.de.ki.ma.su.ka.

飲料可以免費續杯嗎？

コーヒー
kō.hī
咖啡

ジュース
jū.su
果汁

紅茶(こうちゃ)
kō.cha
紅茶

炭酸飲料(たんさんいんりょう)
tan.san.in.ryō
碳酸飲料

バニラ味(あじ)のアイスクリームは好(す)きですか。

ba.ni.ra.a.ji.no.a.i.su.ku.rī.mu.wa.su.ki.de.su.ka.

你喜歡香草口味的冰淇淋嗎？

チョコレート味(あじ)
cho.ko.rē.to.a.ji
巧克力口味

ストロベリー味(あじ)
su.to.ro.be.rī.a.ji
草莓口味

抹茶味(まっちゃあじ)
ma.ccha.a.ji
抹茶口味

マンゴー味(あじ)
man.gō.a.ji
芒果口味

ラムレーズン味(あじ)
ra.mu.rē.zun.a.ji
蘭姆酒葡萄乾口味

ソフトクリーム
so.fu.to.ku.rī.mu
霜淇淋

パフェ
pa.fe
聖代

ミルクセーキ
mi.ru.ku.sē.ki
奶昔

シャーベット
shā.be.tto
冰沙

ジェラート
je.rā.to
義式冰淇淋

バナナスプリット
ba.na.na.su.pu.ri.tto
香蕉船

会話1 127

A：元気(げんき)なさそうだから、コーヒーでも飲(の)んだら？

B：うん、いいね。でも、コーヒーは苦手(にがて)なんです。

A：ラテやカプチーノ、低(てい)カフェインのコーヒーなんかはどうですか。
こちらはあんまり濃(こ)くないコーヒーです。

B：じゃ、カプチーノにします。シナモン多(おお)めで。

A：妳看起來精神不濟，要喝杯咖啡提神一下嗎？
B：好啊！但是我不太能喝咖啡耶！
A：拿鐵咖啡、卡布奇諾，或者是低咖啡因的咖啡如何呢？
這些都是沒那麼濃的咖啡。
B：那我來杯卡布奇諾，肉桂粉多一點。

豆知識 【本命(ほんめい)チョコ】和【義理(ぎり)チョコ】

西洋情人節（2月14日）這天，若是男性收到來自女性的巧克力一般會有兩種狀況：

給有曖昧情愫或心儀的意中人或是男朋友的是所謂的「本命チョコ」，意即真命天子巧克力。心細手巧的女性通常會親手製作。而男性會在3月14日的白色情人節回贈女方糖果。

另一種基於人情義理所贈送的巧克力就叫作「義理チョコ」，意即禮貌上的友好巧克力，一般就是感謝對方平常照顧的小心意而已。

「本命チョコ」理所當然都會別出心裁的特別手工製作，或是用心的選購高級品，但「義理チョコ」本質上就僅僅是禮貌上餽贈的巧克力，因此無論在份量的大小上或是質感上都跟「本命チョコ」有天壤之別。

作ってみよう

モモのレアチーズケーキ

材料（カップ3〜4個）

クリームチーズ	200g
牛 乳	200ml
砂糖	50〜60g
レモン汁	小さじ1
ビスケット	適 量
ゼラチン	7g
飾り用の桃の缶詰	1/2個

1. ゼラチンは水でふやかしておく。
2. 鍋にクリームチーズ・牛乳・砂糖を入れ、火にかける。人肌程度に温まったら弱火にする。ゼラチンを入れてヘラで全て溶けるまで混ぜる。

3 細かく砕いたビスケットをカップの底そこに入れる。

4 グラスに（2）を入れる。泡はスプーンで潰してから１時間ほど冷蔵庫で冷やし固める。

5 冷えて固くなったら、飾り用の桃を（4）に乗せて完成！

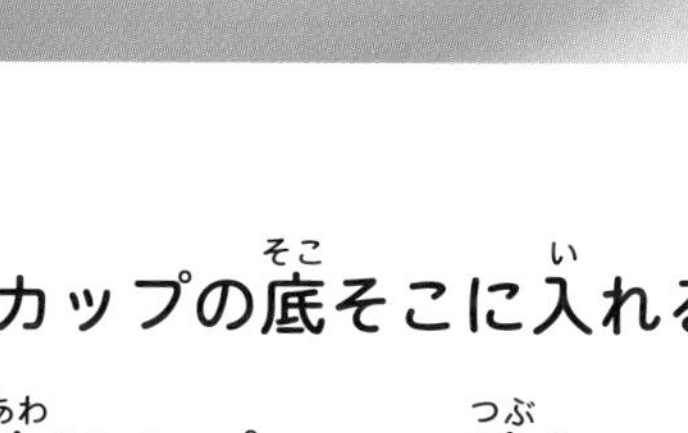

5

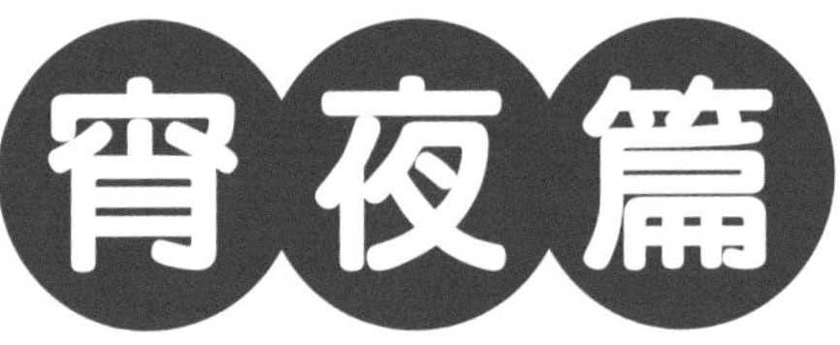

大根(だいこん)はすでに売(う)り切(き)れです。

da.i.kon.wa.su.de.ni.u.ri.ki.re.de.su.

白蘿蔔已經賣完了。

ゆで玉子(たまご)
yu.de.ta.ma.go
水煮蛋

牛(ぎゅう)すじ
gyū.su.ji
牛筋

厚揚(あつあ)げ
a.tsu.a.ge
厚片油豆腐

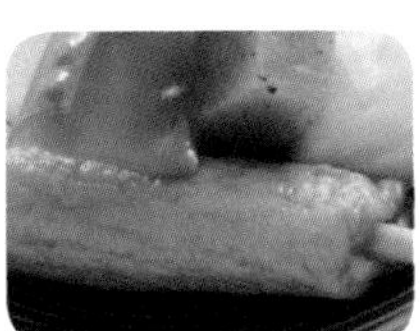

ごぼう巻(まき)
go.bō.ma.ki
牛蒡卷

たこ串(くし)
ta.ko.ku.shi
章魚串

餅入(もちい)り巾着(きんちゃく)
mo.chi.i.ri.kin.cha.ku
年糕福袋

昆布(こんぶ)
kon.bu
昆布

竹(たけ)の子(こ)
ta.ke.no.ko
竹筍

かに棒(ぼう)
ka.ni.bō
蟹棒（肉）

がんもどき
gan.mo.do.ki
炸豆皮什錦

豆知識

關東煮的口味有：

「関西風あっさり味」。
湯頭偏甜的關西風清爽風味。

「関東風しょうゆ味」：
湯頭較濃郁的關東風醬油風味。

とりだんごがなければ、鰯（いわし）のつみれでもいいです。

to.ri.dan.go.ga.na.ke.re.ba, i.wa.shi.no.tsu.mi.re.de.mo.ī.de.su.

若沒雞肉丸子，魚丸也可以。

やきどうふ
焼き豆腐
ya.ki.dō.fu
烤豆腐

あ
さつま揚げ
sa.tsu.ma.a.ge
炸甜不辣

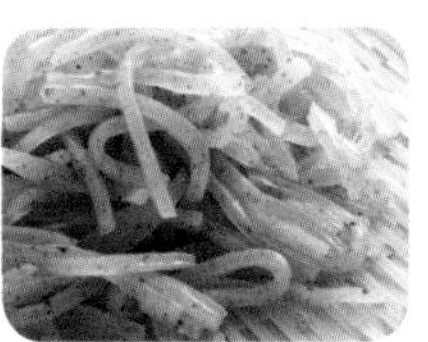

いと
糸こんにゃく
i.to.kon.nya.ku
蒟蒻絲

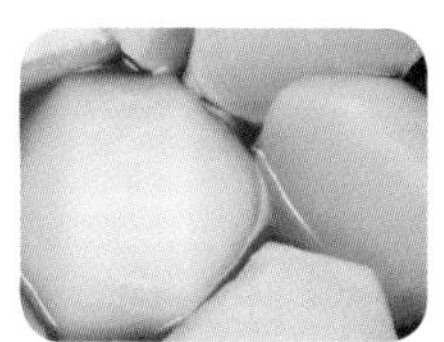

だいこん
大根
da.i.kon
白蘿蔔

はんぺん
han.pen
方形（半月形）魚餅

たこ
ta.ko
章魚

ちくわ
chi.ku.wa
竹輪

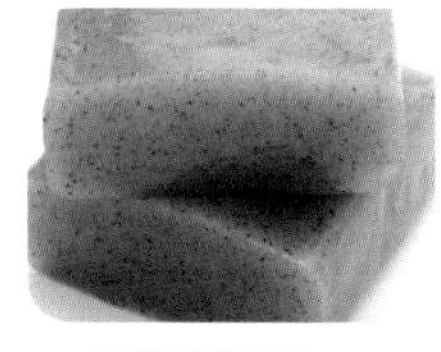

こんにゃく
kon.nya.ku
蒟蒻

あぶらあ
油揚げ
a.bu.ra.a.ge
炸豆包

ゆば
yu.ba
豆皮

ニンジン
nin.jin
紅蘿蔔

さといも
里芋
sa.to.i.mo
芋頭

(130)

屋台(やたい)の焼(や)き鳥(とり)は格別(かくべつ)おいしいです。

ya.ta.i.no.ya.ki.to.ri.wa.ka.ku.be.tsu.o.i.shi.i.de.su.

路邊攤的烤雞肉串特別美味。

おでん
o.den
關東煮

するめ焼(や)き
su.ru.me.ya.ki
烤魷魚

焼(や)き魚(ざかな)
ya.ki.za.ka.na
烤魚

焼(や)き餃子(ぎょうざ)
ya.ki.gyō.za
煎餃

会話1 (131)

A：おでんに必(かなら)ず入(い)れるものは牛(ぎゅう)すじと大根(だいこん)、それにゆで玉子(たまご)です。

B：この三品(さんぴん)で日本酒(にほんしゅ)ぐいぐいいけますね！

A：關東煮一定要放牛筋、白蘿蔔、水煮蛋。

B：這三樣配日本清酒，能咕嚕咕嚕地暢飲呢！

会話2 (132)

A：たこ焼(や)きを一(ひと)つください。

B：はい、ただいま。

A：ここのたこ焼(や)きはすごくおいしそう。

（すぐ一口(ひとくち)を食(た)べます。）

A：わ～、外(そと)はカリッと焦(こ)げ目(め)があって、中(なか)は歯(は)ごたえ豊(ゆた)かでジューシーです。

B：ありがとうございます。もう一(ひと)つどうぞ、こちらからのサービスです。

A：老闆，請來一份章魚燒。
B：好的，馬上來。
A：這章魚燒看起來好吃極了。(立刻品嚐一口)
A：哇～外皮烤得金黃酥脆，內餡的口感豐富又多汁。
B：謝謝誇獎。多給你一顆，算是招待。

豆知識　日本也有路邊攤【屋台(やたい)】

「屋台」顧名思義指的就是有屋頂的移動式小店鋪。廣義來說，在路旁擺攤賣東西的小攤販也算是「屋台」。

在節慶假日舉辦的大型廟會裡也有各式各樣的「屋台」聚集在一起開賣，常見的小吃有章魚燒、日式炒麵、 棉花糖、海苔烤餅等。入夜後的街旁常見的則有拉麵、串燒及關東煮等可以邊吃熱食邊小酌兩杯的小攤。

「屋台」還有一個特色就是攤車會掛上很大的「のれん」（暖簾；印有店家商號的門簾）」，這塊簾子的長度約莫可以遮到坐在「屋台」吃東西的客人，所以即便是小小一攤，隔著暖簾也是另一個溫暖口腹的小天地。

かっぱえびせんはいつも人気(にんき)のスナック菓子(がし)です。

ka.ppa.e.bi.sen.wa.i.tsu.mo.nin.ki.no.su.na.kku.ga.shi.de.su.

蝦味先一直是很受歡迎的零食。

キャラメルコーン
kya.ra.me.ru.kōn
焦糖玉米脆果

コアラのマーチ
ko.a.ra.no.mā.chi
樂天小熊餅乾

ベビースターラーメン
be.bī.su.tā.rā.men
模範生點心餅

うまい棒(ぼう)
u.ma.i.bō
玉米棒

ポッキー
po.kkī
固力果巧克力棒（pocky）

じゃがビー
ja.ga.bī
加卡比薯條（Jagabee）

カラムーチョ
ka.ra.mū.cho
卡拉姆久洋芋片

ドリトス
do.ri.to.su
多力多滋三角玉米片

プリングルズ
pu.rin.gu.ru.zu
品客洋芋片

会話1 (136)

A：バーベキュー味(あじ)のポテトチップスが見(み)つからないんです。どこに置(お)いてありますか。

B：左(ひだり)から三番目(さんばんめ)の棚(たな)の下(した)にあります。

A：ああ、ここにはほかの味(あじ)もありますね。

B：はい、これらは新発売(しんはつばい)の味(あじ)です。ぜひお試(ため)しください。とてもおいしくて、売(う)れ筋(すじ)なんです。

A：じゃ、バーベキューと新(あたら)しい味(あじ)を一(ひと)つずつください。

B：はい、こちらになります。前(まえ)のレジでお会計(かいけい)をお願(ねが)いします。

A：我找不到BBQ口味的洋芋片。請問放在哪裏？
B：放在左手邊的第三排架子下面。
A：咦！這裏還有其他不同的口味。
B：是的，這幾種口味是新上市的。建議您嘗試這款，味道很棒，現在熱賣中。
A：那麼，我要BBQ口味跟新口味的各一包。
B：好的，這是您要的商品。請您到前面的櫃台結賬。

カクテルの飲（の）み方（かた）を教（おし）えてください。

ka.ku.te.ru.no.no.mi.ka.ta.o.o.shi.e.te.ku.da.sa.i.

請教我雞尾酒的喝法。

シンガポールスリング
shin.ga.pō.ru.su.rin.gu
新加坡司令
（Singapore sling）

マティーニ
ma.tī.ni
馬丁尼
（martini）

ソルティードッグ
so.ru.tī.do.ggu
鹽狗
（salty dog）

ブラッディマリー
bu.ra.ddi.ma.rī
血腥瑪莉
（Bloody Mary）

ジントニック
jin.to.ni.kku
琴湯尼
（gin and tonic）

モスコーミュール
mo.su.kō.myū.ru
莫斯科騾子
（Moscow mule）

ピンクレディー
pin.ku.re.dī
粉紅佳人
（pink lady）

スクリュードライバー
su.ku.ryū.do.ra.i.bā
螺絲起子
（screwdriver）

豆知識　什麼是【水商売（みずしょうばい）】

「水商売」在以前指的是收入不確定的業種或是從事類似職業的人。但這個詞在現在多半指的是在夜間營業並且從事販酒的飲食店（主要是指酒吧、酒店或是夜店、俱樂部等）或是在風俗場所工作的男女公關，酒店小姐等。

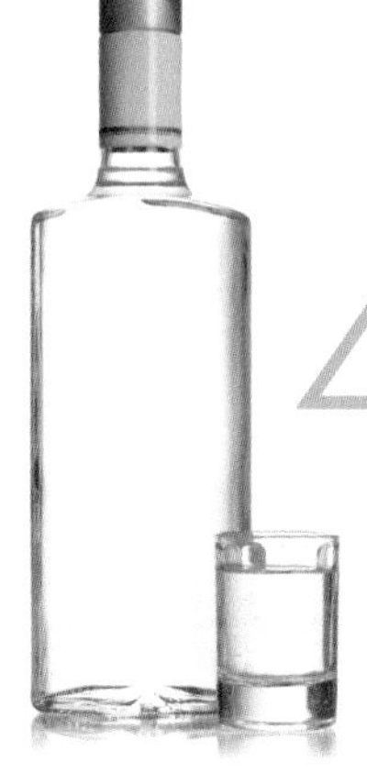

お酒(さけ)ばかり飲(の)んで大丈夫(だいじょうぶ)ですか。

o.sa.ke.ba.ka.ri.non.de.da.i.jō.bu.de.su.ka.

只喝酒沒問題嗎？

ウィスキー ui.su.kī 威士忌 （whisky）	ブランデー bu.ran.dē 白蘭地 （brandy）	ウォッカ uo.kka 伏特加 （vodka）	テキーラ te.kī.ra 龍舌蘭 （tequila）

会話4 139

A：ウィスキー、氷(こおり)なしで。

B：お客様(きゃくさま)はお一人(ひとり)さまですか？

A：いいえ、待(ま)ち合(あ)わせしてますが、友人(ゆうじん)がまだなんです。こちらの営業時間(えいぎょうじかん)は何時(なんじ)までですか。

B：夜(よる)の１２時(じゅうにじ)までです。

A：請給我一杯威士忌不加冰塊。
B：您一個人來嗎？
A：不是的，我在等人，朋友還沒來。請問這裡營業到幾點？
B：到晚上12點。

作ってみよう

お茶漬け

材料（2人分）

ご飯	2膳分
塩鮭	1切れ～2切れ
お茶＊	適量
薬味＊＊	適量

1. 鮭を両面焼き色がつくぐらいまで焼く。
2. 茶碗にご飯をよそい、ほぐした焼き鮭をのせ、お茶を注ぐ。
3. お好みの薬味をのせて召し上がれ！

* お茶は番茶、煎茶、ほうじ茶など、お好みのものでいいです。ただ熱々のお茶を用意してください。

** 刻みのりや小ねぎ、ごま、わさびなど好みのものでいいです。

6

買物

買菜與做菜篇

さつまいもの葉(は)なら大手(おおて)スーパーで買(か)えます。

sa.tsu.ma.i.mo.no.ha.na.ra.ō.te.sū.pā.de.ka.e.ma.su.

地瓜葉可以在大型超市買到。

日本少見蔬菜【珍(めずら)しい野菜(やさい)】me.zu.ra.shi.i.ya.sa.i

空心菜(くうしんさい)
kū.shin.sa.i
空心菜

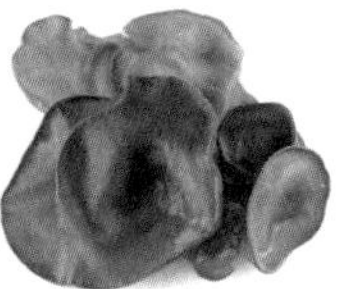

きくらげ
ki.ku.ra.ge
黑木耳

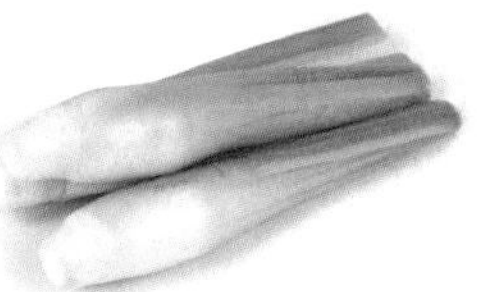

マコモダケ
ma.ko.mo.da.ke
茭白筍

ヘチマ
he.chi.ma
絲瓜

日本少見水果【珍(めずら)しい果物(くだもの)】me.zu.ra.shi.i.ku.da.mo.no

レイシ
re.i.shi
荔枝

ドリアン
do.ri.an
榴槤

グアバ
gu.a.ba
芭樂

竜眼(りゅうがん)
ryū.gan
龍眼

乾貨【干物(ひもの)】hi.mo.no

干(ほ)ししいたけ
ho.shi.shi.i.ta.ke
乾燥香菇

トラヒレ
to.ra.hi.re
乾燥魚翅

干(ほ)し貝柱(かいばしら)
ho.shi.ka.i.ba.shi.ra
乾燥干貝

サンマの丸干(まるぼ)し
san.ma.no.ma.ru.bo.shi
秋刀魚乾

秋刀魚(さんま)の缶詰(かんづめ)はどこですか？

san.ma.no.kan.zu.me.wa.do.ko.de.su.ka?

秋刀魚的罐頭放在哪裡？

罐頭【缶詰(かんづめ)】kan.zu.me

イワシ
i.wa.shi
沙丁魚罐頭

赤貝(あかがい)
a.ka.ga.i
赤貝罐頭

コーン
kōn
玉米罐頭

さば
sa.ba
鯖魚罐頭

調味料【調味料(ちょうみりょう)】chō.mi.ryō

味醂(みりん)
mi.rin
味醂

味の素(あじのもと)
a.ji.no.mo.to
味精

オリーブオイル
o.rī.bu.o.i.ru
橄欖油

チリソース
chi.ri.sō.su
甜辣醬

冷凍食品【冷凍食品(れいとうしょくひん)】re.i.tō.sho.ku.hin

冷凍野菜(れいとうやさい)
re.i.tō.ya.sa.i
冷凍蔬菜

冷凍惣菜(れいとうそうざい)
re.i.tō.sō.za.i
冷凍熟食

冷凍(れいとう)ピザ
re.i.tō.pi.za
冷凍披薩

冷凍(れいとう)ピラフ
re.i.tō.pi.ra.fu
冷凍炒飯

マンゴーは輸入(ゆにゅう)フルーツだからめったに食(た)べられないです。

man.gō.wa.yu.nyū.fu.rū.tsu.da.ka.ra.me.tta.ni.ta.be.ra.re.na.i.de.su.

芒果是進口水果所以很難吃得到。

グレープフルーツ
gu.rē.pu.fu.rū.tsu
葡萄柚

パイナップル
pa.i.na.ppu.ru
鳳梨

キウイ
ki.u.i
奇異果

釈迦頭(しゃかとう)
sa.ka.tō
釋迦

ザクロ
za.ku.ro
紅石榴

マンゴスチン
man.go.su.chin
山竹

アボカド
a.bo.ka.do
酪梨

パッションフルーツ
pa.sshon.fu.rū.tsu
百香果

ナツメ
na.tsu.me
棗子

スターフルーツ
su.tā.fu.rū.tsu
楊桃

ドラゴンフルーツ
do.ra.gon.fu.rū.tsu
火龍果

レンブ
ren.bu
蓮霧

会話1 143

A：外国（がいこく）で食（た）べたマンゴーの甘（あま）さとおいしさが忘（わす）れられません。

B：そうですね。考（かんが）えただけで、よだれがでちゃいます。もう一度（いちど）食（た）べたいなあ。

A：残念（ざんねん）ながら、マンゴーは大手（おおて）スーパーにしか売（う）ってないんです。

A：我在國外吃的芒果的甜美滋味令人無法忘懷。
B：對啊！光用想的就快流口水了。我也好想再吃一次。
A：好可惜，芒果就只有在大型超市才有賣。

豆知識　水果是高級禮物！【果物（くだもの）ギフト】

在日本不管是送別人或是自己收到一盒高級水果禮盒，都是很有面子的事。像是品種優良的夕張哈密瓜、西瓜、水蜜桃，進口的芒果、荔枝等水果都是價格驚人的禮物。

頂級水果除了價錢昂貴，通常都會標榜水果甜度超越一般，或是有經過多次刻意栽培的完美外觀。例如特別栽種的方形西瓜的價錢將近一萬日幣，據說原本是為了可以方便收納在冰箱時會比圓形的西瓜來得不佔空間，但因為外形少見奇特，且栽培不易產量少，所以被當作稀奇珍品。

会話2 (144)

A：この近(ちか)くに新(あたら)しくオープンした激安(げきやす)スーパー、知(し)りませんか。閉店前(へいてんまえ)の激安売(げきやすう)りで超(ちょう)お得(とく)なんです。

B：そのスーパー、知(し)ってます。閉店前(へいてんまえ)で精肉(せいにく)から野菜(やさい)、果物(くだもの)、冷凍食品(れいとうしょくひん)などが信(しん)じられない価格(かかく)で販売(はんばい)されています。

（スーパーの中(なか)で）

A：よし、閉店前(へいてんまえ)の激安(げきやす)タイムセールに間(ま)に合(あ)いました。

B：ほら、見(み)て、ヒラメが半額(はんがく)になっているから、私(わたし)は三匹(さんびき)買(か)います。

A：你知道這附近新開的超級便宜超市嗎？打烊前的大特價很物超所值喔！

B：那間超市我知道！打烊前的特價時段從精選肉品到蔬菜、水果、冷凍食品等的價格便宜到令人無法置信。

（在超市裏）

A：太好了，正好趕上打烊前的大特價。

B：你看，比目魚打對折，我要買三條。

会話3 145

A：悩（なや）むわ、夕食（ゆうしょく）何（なに）にしようかな。

B：シーフードカレーはどう？

A：いいアイデアだね。それじゃエビとイカ、カニ、魚（さかな）の切（き）り身（み）とはまぐりも買（か）わなきゃ。

B：僕（ぼく）が大好（だいす）きなホタテ貝（がい）も忘（わす）れないでね！

A：スーパーは何（なん）でもあって、買（か）い物（もの）はとても便利（べんり）よね。

A：真傷腦筋，不知今晚要煮些什麼當晚餐？
B：不如吃海鮮咖哩飯吧？
A：真是好主意。那就要買蝦子跟花枝還有螃蟹、魚片和蛤蠣。
B：不要忘了買我最喜歡的干貝。
A：超級市場什麼都有，買東西就是這麼方便。

豆知識　打折價格戰！【バーゲンセール / ディスカウント】

想在日本購物時享有超值優惠的好康，絕對不能錯過每年春夏秋冬的換季大減價。

* 格安（かくやす）：便宜
* 激安（げきやす）：超便宜
* セール品：特價品
* 割引（わりびき）：打折
* 割安（わりやす）：優惠
* 値引（ねびき）：減價
* 値下（ねさがり）：降價
* 安値（やすね）：低價
* 半額（はんがく）：半價
* 安売り（やすうり）：便宜賣
* 徳用品（とくようひん）：超值商品

當店家貼出這些字眼時，就是撿超值便宜的大好時機啦！

八百屋(やおや)さんのキュウリはスーパーより安(やす)いです。

ya.o.ya.san.no.kyū.ri.wa.sū.pā.yo.ri.ya.su.i.de.su.

蔬菜店賣的小黃瓜比超市便宜。

玉(たま)ねぎ/オニオン
ta.ma.ne.gi / o.ni.on
洋蔥

小松菜(こまつな)
ko.ma.tsu.na
油菜

レタス
re.ta.su
萵苣

チンゲン菜(さい)
chin.gen.sa.i
青江菜

ゴーヤは食(た)べられますか。

gō.ya.wa.ta.be.ra.re.ma.su.ka.

你敢吃苦瓜嗎？

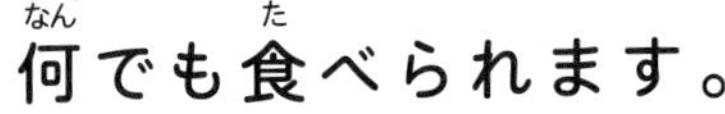

何(なん)でも食(た)べられます。

nan.de.mo.ta.be.ra.re.ma.su.

我什麼都敢吃。

生姜(しょうが)
shō.ga
薑

ピーマン
pī.man
青椒

ニンニク
nin.ni.ku
大蒜

茗荷(みょうが)
myō.ga
茗荷

ニンジンは栄養価(えいようか)が高(たか)いです。

nin.jin.wa.e.i.yō.ka.ga.ta.ka.i.de.su.

紅蘿蔔的營養價值很高。

これを買(か)いましょう。

ko.re.o.ka.i.ma.shō.

那就買這個吧！

ほうれん草(そう)
hō.ren.sō
菠菜

ゴボウ
go.bō
牛蒡

トマト
to.ma.to
番茄

そら豆(まめ)
so.ra.ma.me
蠶豆

インゲン豆(まめ)
in.gen.ma.me
四季豆

マッシュルーム
ma.sshu.rū.mu
磨菇

韮(にら)
ni.ra
韭菜

カボチャ
ka.bo.cha
南瓜

れんこん
ren.kon
蓮藕

アスパラガス
a.su.pa.ra.ga.su
蘆筍

カリフラワー
ka.ri.fu.ra.wā
花椰菜

ブロッコリー
bu.ro.kko.rī
綠花椰菜

メロンは甘[あま]くてジューシーです。

me.ron.wa.a.ma.ku.te.jū.shī.de.su.

哈密瓜甜美又多汁。

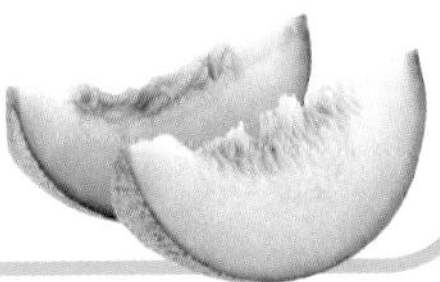

そんなにおいしいですか。私[わたし]にも食[た]べさせて。

son.na.ni.o.i.shi.i.de.su.ka. wa.ta.shi.ni.mo.；ta.be.sa.se.te.

有那麼好吃嗎？也分我吃一口吧！

かき
ka.ki
柿子

さくらんぼ/チェリー
sa.ku.ran.bo / che.rī
櫻桃

スイカ
su.i.ka
西瓜

もも
mo.mo
桃子

なし
na.shi
梨子

ぶどう
bu.dō
葡萄

みかん
mi.kan
橘子

びわ
bi.wa
枇杷

りんご
rin.go
蘋果

あんず
an.zu
杏

パパイヤ
pa.pa.i.ya
木瓜

いちご
i.chi.go
草莓

新鮮(しんせん)なまぐろの目玉(めだま)はなかなか手(て)に入(はい)りません。

shin.sen.na.ma.gu.ro.no.me.da.ma.wa.na.ka.na.ka.te.ni.ha.i.ri.ma.sen.

新鮮的鮪魚眼球很難買到。

真鯛(まだい)
ma.da.i
真鯛魚

すっぽん
su.ppon
鱉

たらばがに
ta.ra.ba.ga.ni
帝王蟹

豆知識 【築地市場(つきじいちば)】&【豐洲市場(とよすしじょう)】

　　場地規模與單日交易金額之龐大堪稱日本的代表性批發市場的東京都「築地市場」，於2018年從東京中央區築地遷到台東區豐洲，稱為「豐洲市場(とよすしじょう)」。「豐洲市場」最主要的交易買賣項目以水產漁獲類為最大宗（交易量是日本最大），此外，蔬菜類、水果類、雞肉跟雞蛋、醃漬物、各種加工食品或冷凍食品等，也是主要交易買賣項目之一。

　　搬到「豐洲市場」後原來的鮪魚的競標拍賣交易場改為隔著玻離觀看，但是仍然有許多受觀光客喜愛的美食店家進駐，值得大家前往嚐鮮。原來的「築地市場」週邊的店家，有的仍在原址營業，街道仍然活力四射，旅客同樣可以滿足味蕾。

150

あじは新鮮でよく売れています。

a.ji.wa.shin.sen.de.yo.ku u.re.te.i.ma.su.

竹筴魚很新鮮所以賣得很好。

金目鯛（きんめだい）
kin.me.da.i
金目鯛魚

鱈（たら）
ta.ra
鱈魚

鰻（うなぎ）
u.na.gi
鰻魚

鰈（かれい）
ka.re.i
鰈魚

すずき
su.zu.ki
鱸魚

鯖（さば）
sa.ba
青花魚

平目（ひらめ）
hi.ra.me
比目魚

かじき
ka.ji.ki
旗魚

車海老（くるまえび）
ku.ru.ma.e.bi
班節蝦（明蝦）

甘エビ（あま）
a.ma.e.bi
甜蝦

松葉ガニ（まつば）
ma.tsu.ba.ga.ni
松葉蟹

あゆ
a.yu
香魚

<ruby>最近<rt>さいきん</rt></ruby>、<ruby>焼肉<rt>やきにく</rt></ruby>が<ruby>食<rt>た</rt></ruby>べたいです。

sa.i.kin, ya.ki.ni.ku.ga.ta.be.ta.i.da.su.

最近很想吃烤肉。

じゃ、今晩は牛肉を買って、焼肉にしましょう。

(こんばん / ぎゅうにく / か / やきにく)

ja, kon.ban.wa.gyū.ni.ku.o.ka.tte, ya.ki.ni.ku.ni.shi.ma.shō.

那今天的晚餐就買牛肉來烤吧！

豚肉（ぶたにく）
bu.ta.ni.ku
豬肉

豚トロ（とん）
ton.to.ro
松阪肉

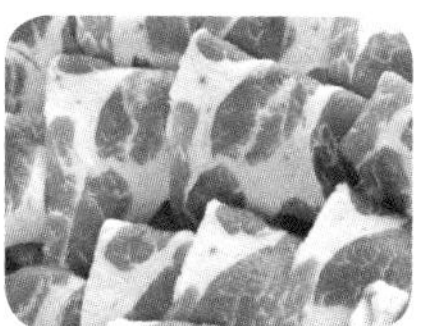

豚カルビ（ぶた）
bu.ta.ka.ru.bi
豬五花

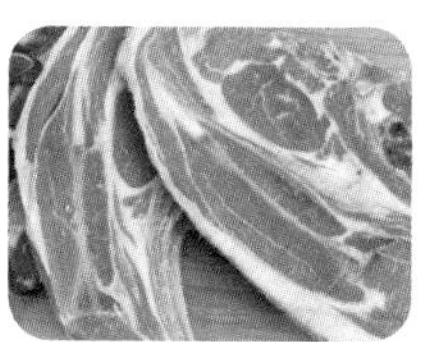

ラム
ra.mu
小羊肉

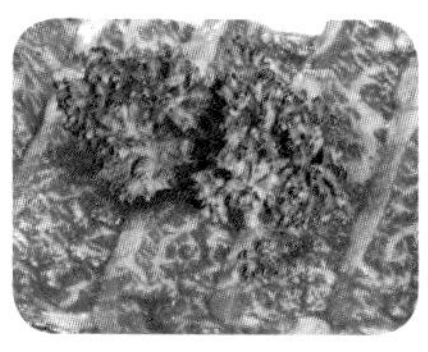

ハラミ
ha.ra.mi
牛腹胸肉

ロース
rō.su
牛里肌

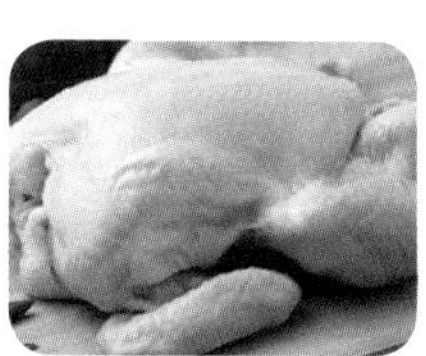

鶏肉（とりにく）
to.ri.ni.ku
雞肉

胸肉（むねにく）
mu.ne.ni.ku
雞胸肉

会話1 (152)

A：いっらしゃいませ～

B：焼(や)き魚料理(ざかなりょうり)を作(つく)りたいんですが、どんな魚(さかな)がおすすめですか。

A：焼(や)くなら、アジとさんま、どちらでもいいです。でも、ちょっと骨(ほね)が多(おお)いですけど。

B：そうですか、全然(ぜんぜん)知(し)らなかった。

A：ぶりはどうですか。今日(きょう)のぶりはお買(か)い得(どく)ですよ。ぶりの照(て)り焼(や)きもとてもおいしいです。

B：じゃ、ぶり３切(さんぎ)れください。

A：歡迎光臨！
B：我想做烤魚料理，您會推薦我買哪種魚呢？
A：烤魚的話，竹筴魚或秋刀魚都不錯！但是魚刺比較多。
B：真的嗎?我之前完全不知道。
A：您要考慮一下鰤魚嗎？今天的鰤魚很便宜喔！
作成鰤魚照燒料理也很好吃。
B：那請給我三片鰤魚。

会話2 153

A：有機野菜は売ってますか。

B：はい。こちらは群馬県産地直送の有機野菜で、とても評判がいいんです。少しいかがですか。

A：それじゃ、もやし一袋とキャベツ１個、にら１束。ついでにねぎを少しサービスしてくれますか？

B：はい。ねぎはサービスで、合計で１５００円になります。

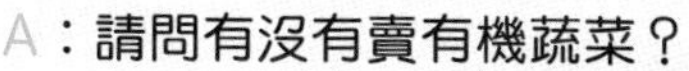

A：請問有沒有賣有機蔬菜？

B：有的。這些是群馬縣產地直送的有機蔬菜，品質有口皆碑。您要買一些嗎？

A：那就給我豆芽菜一袋、高麗菜一顆、韭菜一把。能順便送我一點蔥嗎？

B：好的。您的蔥不算錢，一共是一千五佰日圓。

豆知識　日本有送蔥的習慣嗎？

在日本的傳統市場買菜，若是去常常光顧的店且跟店老闆夠熟，有時店家會主動給老主顧額外附贈的「サービス」。不過免錢的額外好康只有少量，畢竟只是店家攏絡顧客感情的好意。如上面會話中，主動要求的，倒是少見，但還是可以「勇敢」開口跟老闆博感情一下，或許老闆會大方給喔。

Unit 28 在廚房裡 ★ 154

包丁(ほうちょう)は料理(りょうり)する時(とき)に欠(か)かせないキッチン道具(どうぐ)です。

hō.chō.wa.ryō.ri.su.ru.to.ki.ni.ka.ka.se.na.i.ki.cchin.dō.gu.de.su.

菜刀是作料理時不可缺少的廚房用品。

まな板(いた)
ma.na.i.ta
砧板

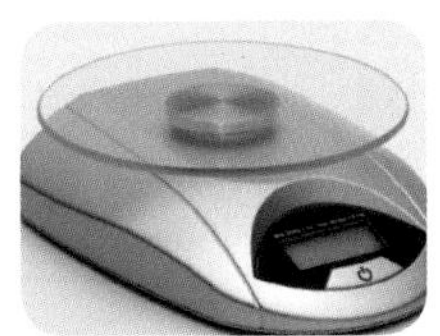

キッチンスケール
ki.cchin.su.kē.ru
廚房秤

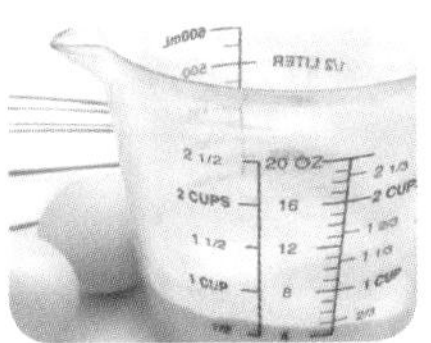

計量(けいりょう)カップ
ke.i.ryō.ka.ppu
量杯

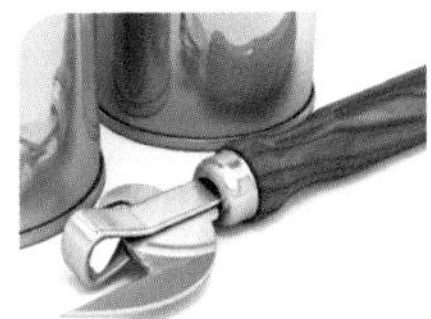

缶切(かんき)り
kan.ki.ri
開罐器

オーブン
ō.bun
烤箱

電子(でんし)レンジ
den.shi.ren.ji
微波爐

泡立(あわた)て器(き)
a.wa.ta.te.ki
打蛋器

栓(せん)ぬき
sen.nu.ki
開瓶器

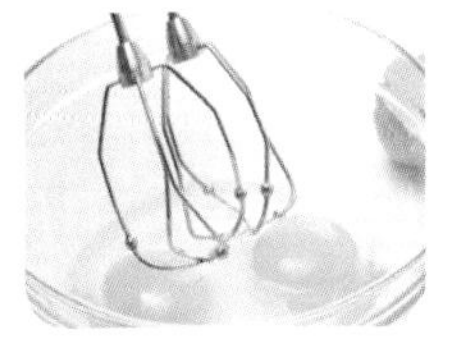

ミキサー
mi.ki.sā
電動攪拌器

スライサー
su.ra.i.sā
刨刀

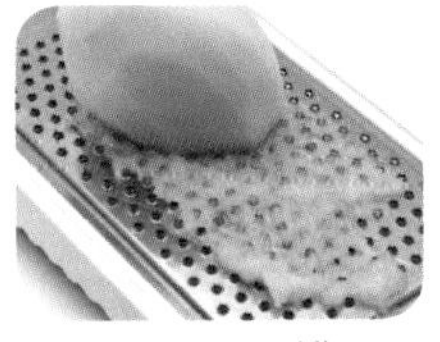

おろし金(がね)
o.ro.shi.ga.ne
磨泥器

へら
he.ra
鍋鏟

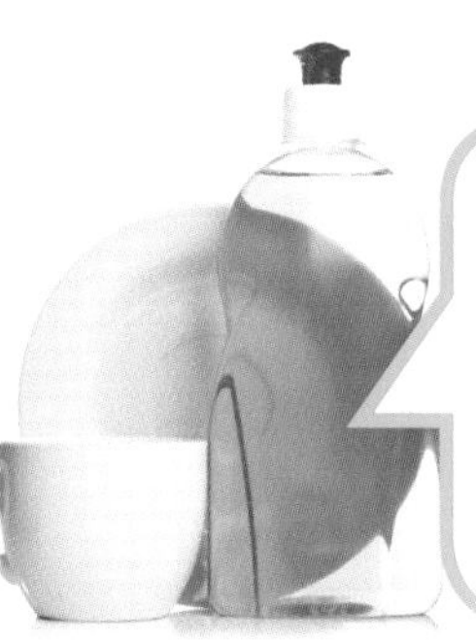

洗剤(せんざい)で食器(しょっき)を洗(あら)います。

sen.za.i.de.sho.kki.o.a.ra.i.ma.su.

用清潔劑洗餐具。

ふきん
fu.kin
抹布

スポンジ
su.pon.ji
海綿

ブラシ
bu.ra.shi
刷子

鍋(なべ)
na.be
鍋子

ボウル
bō.ru
碗 / 調理盆

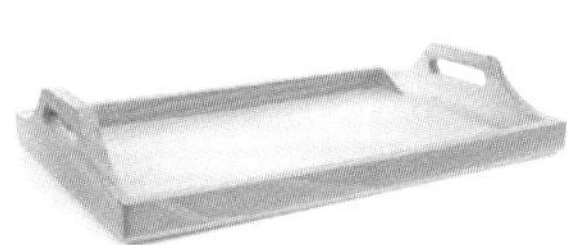

テーブルトレー
tē.bu.ru.to.rē
餐盤

コーヒーカップ
kō.hī.ka.ppu
咖啡杯

マグカップ
ma.gu.ka.ppu
馬克杯

弁当箱(べんとうばこ)
ben.tō.ba.ko
便當盒

会話1 (156)

A：いま時短料理がはやってます。

B：時短料理？それは何ですか。

A：短い時間ですばやくおいしい料理を作ることです。

B：すごい、もし時短料理のコツとレシピがあれば、教えて！

A：現在流行「省時料理」！
B：「省時料理」？那是什麼？
A：就是在短時間內作出快速又好吃的料理。
B：太好了，如果你有省時料理的訣竅或是食譜，請教教我！

豆知識

忙碌現代人必學【時短料理 / スピードクッキング】

一瞬間就可以打開罐頭，或是三分鐘就可以煮好豐富的一餐，是日本現在很流行的省時又快速的料理法。對忙碌的上班族來說，若是可以利用各種技巧縮減麻煩的做菜時間，可是一大福音。而且「省時料理」不是隨便煮煮的料理法，而是綜合運用各種智慧與技巧的「聰明料理法」。

会話2 157

A：フライパンで上手(じょうず)にオムレツが作(つく)れますか。

B：オムレツは作(つく)ったことがないんです。難(むずか)しそう～！

A：一度(いちど)挑戦(ちょうせん)してみませんか。難(むずか)しいものが上手(うま)く作(つく)れたときは、思(おも)わず声(こえ)を上(あ)げて感動(かんどう)してしまいますよ。

A：你能用平底鍋做出漂亮形狀的蛋包飯嗎？
B：我沒做過蛋包飯。看起來很難啊～！
A：要不要挑戰試著做看看？
很難的東西若是可以做得很好時，會感動到不由自主的為自己大聲歡呼哩！

各式餐飲用具哪裡買？【合羽橋(かっぱばし)】

「合羽橋」指的是在東京台東區西淺草到松谷地區這一帶，是全日本最大的餐飲道具街。從食器、包裝材料、調理器具、食品模型、食材到廚師服或調理服等，只要是跟廚房餐飲有關的用品都有專門的批發商在販售。約有170家以上的廚房餐飲專賣店聚集在這裡。

スプーンを使(つか)ったほうが食(た)べやすいです。

su.pūn.o.tsu.ka.tta.hō.ga.ta.be.ya.su.i.de.su.

用湯匙比較方便吃。

ナイフ
na.i.fu
刀子

フォーク
fō.ku
叉子

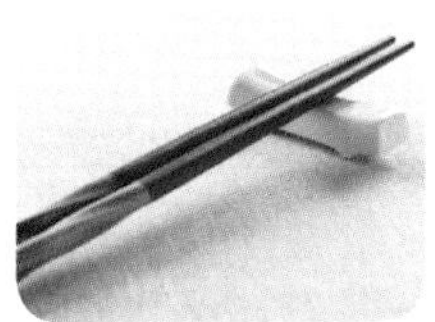

おはし
o.ha.shi
筷子

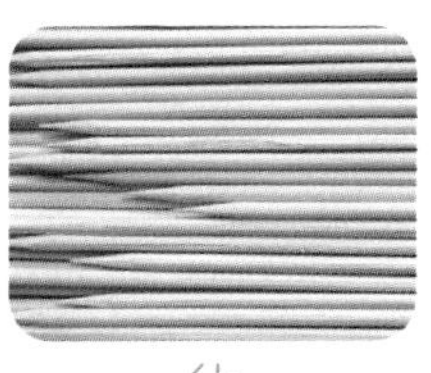

串(くし)
ku.shi
竹籤

圖解正確的筷子拿法【正(ただ)しいお箸(はし)の持(も)ち方(かた)】

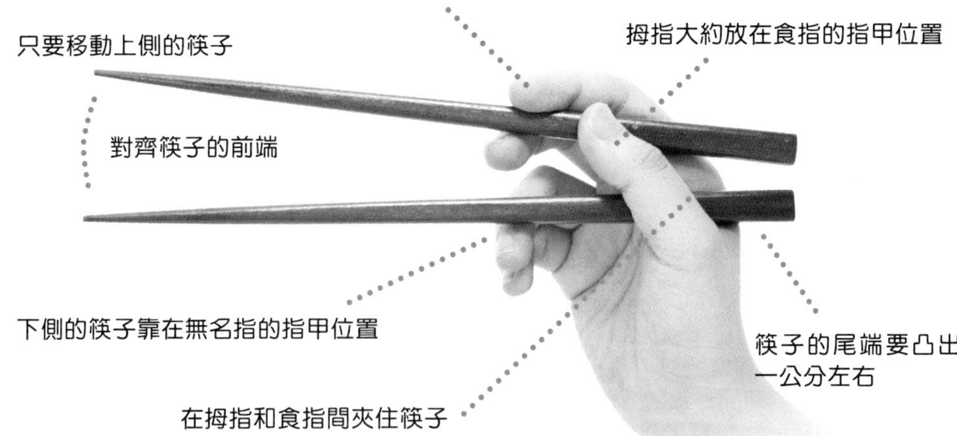
將筷子用拇指和食指及中指輕輕的拿著
只要移動上側的筷子
拇指大約放在食指的指甲位置
對齊筷子的前端
下側的筷子靠在無名指的指甲位置
筷子的尾端要凸出一公分左右
在拇指和食指間夾住筷子

会話 1 159

A：そのはしの持ち方(もちかた)っておかしくないですか。

B：そうかな？確(たし)かにあまり器用(きよう)ではないんですが...。

A：おはしを正(ただ)しく持(も)てないと、食材(しょくざい)をうまくつかめないんですよ。

B：じゃ、正(ただ)しいおはしの持ち方(もちかた)を教(おし)えてください。

A：你不覺得你的筷子拿法很奇怪嗎？
B：是這樣嗎？我的確不太會使用筷子。
A：要若是不能正確地拿好筷子的話，是無法靈巧地將食物挾起的喲！
B：那麼請教我正確的筷子拿法。

豆知識　日本人的用筷子規則【お箸(はし)のマナー】

日本人在不同時候或是場合對筷子有一些使用規範，也衍生出一些有趣辭彙，例如說：

- 刺し箸（さしばし）：用筷子插入料理內，再放到口中試味道的行為。
- 箸渡し（はしわたし）：指從自己的筷子挾菜給另一雙筷子的行為。
- 迷い箸（まよいばし）：指猶豫不決不知要挾哪一道菜的行為。
- 持ち箸（もちばし）：指同時用同一隻手又拿筷子又拿碗，這在台灣也是極不禮貌的行為。
- くわえ箸（くわえばし）：指用手拿其它東西，而將筷子含在嘴裏的行為。
- 叩き箸（たたきばし）：指互擊筷子作響，又或者是拿著筷子敲食器發出聲響等行為。
- 指し箸（さしばし）：指在吃飯用餐當中直接拿著筷子指人或是物。
- 立て箸（たてばし）：在添滿飯的飯碗正中央上面直立插上筷子。通常用來祭拜人往生時的飯。

このワイングラスはシャンパンを飲(の)むために使(つか)うものです。

ko.no.wa.in.gu.ra.su.wa.shan.pan.o.no.mu.ta.me.ni.tsu.ka.u.mo.no.de.su.

這個酒杯是喝香檳用的。

湯飲(ゆの)み
yu.no.mi
茶杯

綠茶(りょくちゃ)
ryo.ku.cha
綠茶

おちょこ
o.cho.ko
清酒酒杯

日本酒(にほんしゅ)
ni.hon.shu
日本清酒

お茶碗(ちゃわん)
o.cha.wan
碗

スープ
sū.pu
湯

ジョッキ
jo.kki
啤酒杯

ビール
bī.ru
啤酒

コショウをとってください。

ko.shō.o.to.tte.ku.da.sa.i.

請把胡椒粉遞給我。

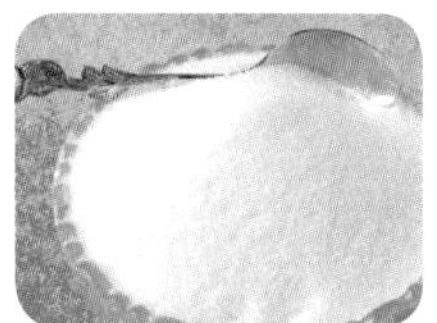

砂糖（さとう）
sa.tō
糖

塩（しお）
shi.o
鹽

お酢（す）
o.su
醋

ケチャップ
ke.cha.ppu
番茄醬

タバスコ
ta.ba.su.ko
墨西哥辣椒醬

マスタード
ma.su.tā.do
芥茉醬

ティッシュ
ti.sshu
面紙

爪楊枝（つまようじ）
tsu.ma.yō.ji
牙籤

豆知識 【いただきます】和【ごちそうさまでした】

「いただきます」（開動）與「ごちそうさまでした」（我吃飽了 / 謝謝招待）這兩句是日本人用餐時一定會說的兩句話。

「いただきます」是在日本的餐前問候。指對食材提供者或是做飯的人表示感謝。「ごちそうさまでした」則是在用餐完畢時或是被請客時的餐後使用，一般會用過去式來表示吃飽了，或是謝謝對方請客。感謝天地萬物賜與美食，是日本人餐餐必遵行的問候習慣，我們也可以學著對食物多一點感恩的心喔！

会話２ 162

A：これはおおきすぎるし、これはちいさすぎ....どっちにしようかな。

B：ちょっと、やめて！

A：どうしました。

B：お皿（さら）の中（なか）で選（えら）ぶのは、衛生的（えいせいてき）ではないし、それに失礼（しつれい）です。

A：ごめんなさい、今度（こんど）から注意（ちゅうい）します。

A：這塊太大，這塊太小……要選哪一個呢？
B：請不要這樣！
A：怎麼了？
B：這樣在盤中挑來挑去，真是既不衛生又沒禮貌。
A：對不起，下次我會注意。

用餐習慣大不同【食（しょく）ぜん】

對日本人來說，像我們這樣圍著桌子滿桌菜餚一起分享，尤其是我們附有轉盤的大圓桌，是他們比較不習慣的用餐方式，因為這樣會很惶恐不知何時該轉動圓盤拿菜，也不知自己該吃多少份量。

傳統的用餐形式是以一人一份的「膳（ぜん）」（相當於套餐）為用餐原則，雖然經過時代演變至今日本人也較能接受滿桌菜餚的用餐方式，但跟我們不同的地方在於，日本人還是會將每盤的菜依用餐人數算好份量擺盤，跟我們吃多吃少自己夾的習慣真的很不一樣。

スープを飲(の)むときのマナーを教(おし)えてください。

sū.pu.o.no.mu.to.ki.no.ma.nā.o.o.shi.e.te.ku.da.sa.i.

請教我喝湯時的規矩。

洋食(ようしょく)を食(た)べる
yō.sho.ku.o.ta.be.ru
吃西餐

ステーキを食(た)べる
su.tē.ki.o.ta.be.ru
吃牛排

ナイフを使(つか)ったきれいな食(た)べ方(かた)を教(おし)えてください。

na.i.fu.o.tsu.ka.tta.ki.re.i.na.ta.be.ka.ta.o.o.shi.e.te.ku.da.sa.i.

請教我俐落的使用餐刀的用餐方式。

フォークを使(つか)った
fō.ku.o.tsu.ka.tta
使用叉子

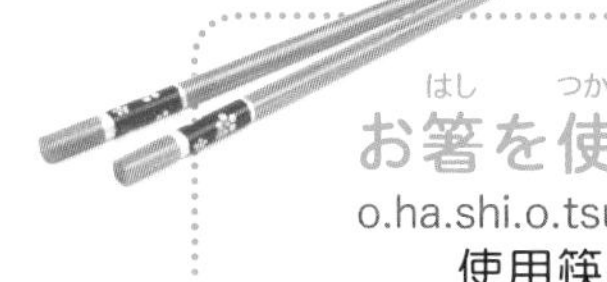

お箸(はし)を使(つか)った
o.ha.shi.o.tsu.ka.tta
使用筷子

7

評論與稱讚篇

Customer Service
Excellent
Good
Average
Poor

Unit 30 食物有問題 

この肉（にく）は変（へん）な味（あじ）がします。

ko.no.ni.ku.wa.hen.na.a.ji.ga.shi.ma.su.

這肉有怪怪的味道。

魚（さかな）
sa.ka.na
魚

デザート
de.zā.to
甜點

サラダ
sa.ra.da
沙拉

野菜（やさい）
ya.sa.i
蔬菜

スープ
sū.pu
湯

飲み物（のみもの）
no.mi.mo.no
飲料

ひどい味（あじ）
hi.do.i.a.ji
糟糕的味道

おかしい味（あじ）
o.ka.shi.i.a.ji
奇怪的味道

腐った味（くさったあじ）
ku.sa.tta.a.ji
腐敗的味道

この料理(りょうり)は味(あじ)が**薄(うす)い**です。

ko.no.ryō.ri.wa.a.ji.ga.u.su.i.de.su.

這道料理的調味清淡。

濃(こ)い
ko.i
濃重

酸(す)っぱい
su.ppai
酸

油(あぶら)っこい
a.bu.ra.kko.i
油膩

ない
na.i
沒味道

甘(あま)い
a.ma.i
甜

しょっぱい
sho.ppa.i
鹹

まあまあ
mā.mā
普通

苦(にが)い
ni.ga.i
苦

渋(しぶ)い
shi.bu.i
澀

悪(わる)い
wa.ru.i
壞

辛(から)い
ka.ra.i
辛辣

この料理(りょうり)は、火(ひ)が通(とお)っていません。

ko.no.ryō.ri.wa, hi.ga.tō.tte.i.ma.sen.

這道菜沒煮熟。

黒焦(くろこ)げになった ku.ro.ko.ge.ni.na.tta 燒焦了	冷(さ)めてしまった sa.me.te.shi.ma.tta 冷掉了
腐(くさ)ってしまった ku.sa.tte.shi.ma.tta 臭酸了	虫(むし)がいます mu.shi.ga.i.ma.su 有蟲

料理(りょうり)のボリュームは全然(ぜんぜん)足(た)りないです。

ryō.ri.no.bo.ryū.mu.wa.zen.zen.ta.ri.na.i.de.su.

料理的份量完全不足。

具材(ぐざい)
gu.za.i
材料

スープ
sū.pu
湯

ごはん
go.han
飯

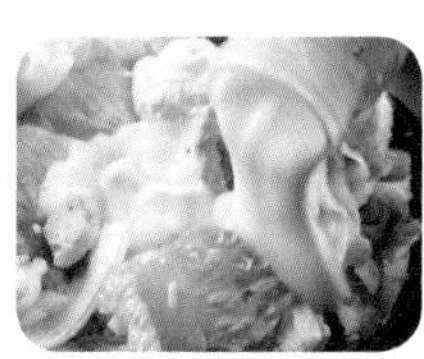

ソース
sō.su
醬汁

料理(りょうり)の盛(も)りつけが悪(わる)いです。

ryō.ri.no.mo.ri.tsu.ke.ga.wa.ru.i.de.su.

料理的擺盤糟糕。

寂(さび)しい sa.bi.shi.i 單調	つまらない tsu.ma.ra.na.i 無趣
醜(みにく)い mi.ni.ku.i 醜陋	大(おお)ざっぱ ō.za.ppa 隨便

面倒臭(めんどうくさ)い食(た)べ方(かた)はごめんです。

men.dō.ku.sa.i.ta.be.ka.ta.wa.go.men.de.su.

我對吃法麻煩的料理敬謝不敏。

複雑(ふくざつ)な
fu.ku.za.tsu.na
複雜的

ややこしい
ya.ya.ko.shi.i
煩瑣的

時間(じかん)がかかる
ji.kan.ga.ka.ka.ru
花時間的

Unit 30 食物有問題

会話1 168

A：見て、この料理には虫が入っています！気持ち悪い！

B：申し訳ありません。すぐ新しいのに取替えさせていただきます。

A：ここの食べ物はひどいです。食欲が無くなりました。

B：当店のミスで不愉快な思いをさせてしまったので、本日の食事代はこちらが負担させていただきます。

A：你看，這盤菜裡有蟲，太噁心了！
B：對不起，我立刻幫您換盤新的。
A：這裡的食物品質好差啊！讓我的胃口全沒了。
B：真是抱歉。由於本店的疏失造成您用餐的不愉快，所以您今天的用餐費用由本餐廳支付。

会話2 169

A：この料理の魚は新鮮じゃないのかな。とても魚臭いですよ。

B：申し訳ありません。すぐ新しいのに取替えさせていただきます。

A：結構です。この料理を下げてください。

B：はい、本当に申し訳ございません。すぐそうさせていただきます。

A：這盤菜的魚是不是不新鮮啊？魚腥味好重喲！
B：對不起，我馬上幫您換盤新的。
A：不用了，請把這盤菜收走。
B：是的，真是抱歉，我馬上幫您處理。

Unit 31 服務不周引起的抱怨 ✶ 170

このレストランはコップが汚(きたな)いです。

ko.no.re.su.to.ran.wa.ko.ppu.ga.ki.ta.na.i.de.su.

這間餐廳的杯子髒髒的。

テーブル
tē.bu.ru
桌子

テーブルクロス
tē.bu.ru.ku.ro.su
桌布

食器(しょっき)
sho.kki
餐具

ナプキン
na.pu.kin
餐巾

いす
i.su
椅子

キッチン
ki.cchin
廚房

トイレ
to.i.re
廁所

天井(てんじょう)
ten.jō
天花板

壁(かべ)
ka.be
牆壁

フロア
fu.ro.a
地板

店員(てんいん)さんの態度(たいど)が悪(わる)いです。

ten.in.san.no.ta.i.do.ga.wa.ru.i.de.su.

店員的態度差勁。

態度(たいど)が大(おお)きい ta.i.do.ga.ō.ki.i 態度傲慢	サービスが悪(わる)い sā.bi.su.ga.wa.ru.i 服務糟糕	言葉遣(ことばづか)いが荒(あら)い ko.to.ba.zu.ka.i.ga.a.ra.i 口氣粗魯
態度(たいど)が非常(ひじょう)に失礼(しつれい) ta.i.do.ga.hi.jō.ni.shi.tsu.re.i 態度失禮	エプロンが汚(きたな)い e.pu.ron.ga.ki.ta.na.i 圍裙骯髒	

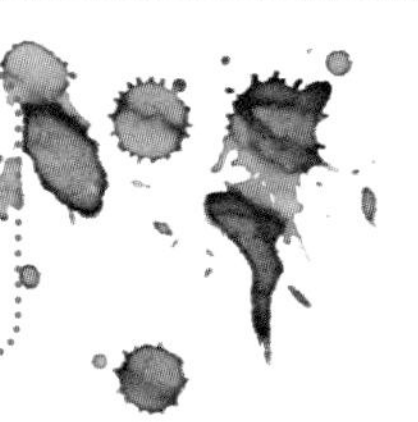

店員(てんいん)さんはお釣(つ)りを間違(まちが)えています。

ten.in.san.wa.o.tsu.ri.o.ma.chi.ga.e.te.i.ma.su.

店員找錯錢了。

メニュー
me.nyū
上錯餐

お会計(かいけい)
o.ka.i.ke.i
算錯帳

注文(ちゅうもん)
chū.mon
點錯菜

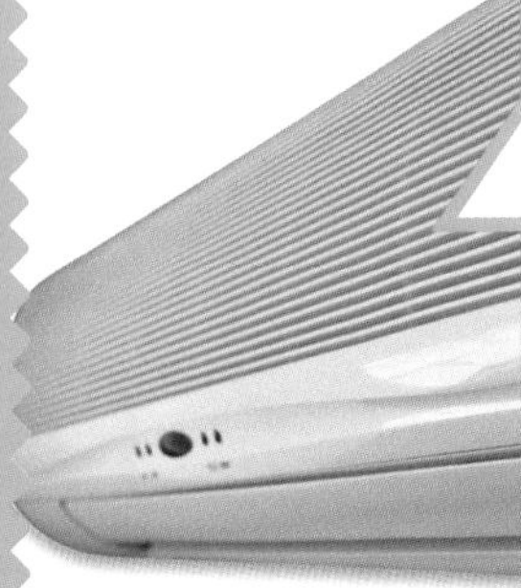

この店に空調設備がないのはあり得ないです。

ko.no.mi.se.ni.kū.chō.se.tsu.bi.ga.na.i.no.wa.a.ri.e.na.i.de.su.

這間店沒有空調設備真是太誇張了。

安全施設
an.zen.shi.se.tsu
安全設施

衛生設備
e.i.se.i.se.tsu.bi
衛生設備

あのレストランはお客さんに無理強いをしています。

a.no.re.su.to.ran.wa.o.gya.ku.san.ni.mu.ri.ji.i.o.shi.te.i.ma.su.

那間餐廳會對客人強迫推銷。

時間制限 ji.kan.se.i.gen 時間限制	人数制限 nin.zū.se.i.gen 人數限制	最低消費額の制限 sa.i.te.i.shō.hi.ga.ku.no.se.i.gen 低消限制	服装制限 fu.ku.sō.se.i.gen 服裝限制

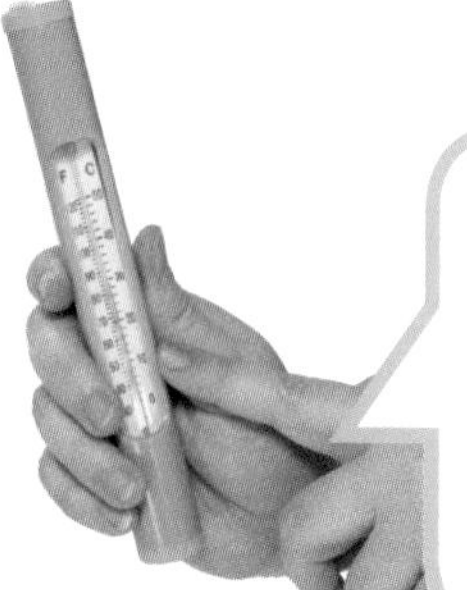

このレストランは寒(さむ)すぎます。

ko.no.re.su.to.ran.wa.sa.mu.su.gi.ma.su.

餐廳裏冷死了。

暑(あつ)すぎます a.tsu.su.gi.ma.su 太熱了	臭(くさ)すぎます ku.sa.su.gi.ma.su 太臭了	汚(きたな)すぎます ki.ta.na.su.gi.ma.su 太髒了	暗(くら)すぎます ku.ra.su.gi.ma.su 太暗了	狭(せま)すぎます se.ma.su.gi.ma.su 太擠了

うるさすぎます u.ru.sa.su.gi.ma.su 太吵了	油煙(ゆえん)で汚(よご)れています yu.en.de.yo.go.re.te.i.ma.su 充滿油漬	ホコリだらけです ho.ko.ri.da.ra.ke.de.su 都是灰塵

会話1 174

A：ここは寒(さむ)すぎる！クーラーを弱(よわ)めに調整(ちょうせい)してくれませんか。

B：ついでに音楽(おんがく)の音量(おんりょう)も調整(ちょうせい)してくれませんか。大(おお)きすぎます！

C：はい。すぐ調整(ちょうせい)いたします。

A：這裏好冷！能不能把冷氣調弱一點？
B：順便也請調一下音樂的音量，太大聲了！
C：好的，我馬上調整。

会話２ 175

A：３０分もすぎたのに、何も料理が出てこないんです。

B：本当に申し訳ありません。すぐまいりますので。

B：ステーキです。

A：私がオーダーしたステーキはミディアムですよ。レアではありませんが...。

B：大変申し訳ございませんでした。すぐ作り直します。

A：我已經等了半個小時了，我點的菜一道也還沒來！
B：真是十分抱歉。我立刻為您送上。

B：客人，您的牛排來了。
A：我點的是牛排五分熟，不是三分熟。
B：非常對不起，我立刻請廚房幫您重作一份。

会話3 (176)

A：このカップはひび割(わ)れもあるし、きれいに洗(あら)っていないせいか、汚(よご)れもあります。

B：申(もう)し訳(わけ)ありません。すぐ新(あたら)しいのと取替(とりか)えます。

A：悪(わる)い食器(しょっき)をお客(きゃく)さんに使(つか)わせないでください。

B：本当(ほんとう)に申(もう)し訳(わけ)ありませんでした。

A：這個杯子有裂痕，而且有污垢沒洗乾淨，還有髒汙。
B：對不起，我馬上幫您換個新的。
A：瑕疵的餐具不應該給客人使用。
B：真是非常抱歉。

ごめんなさい。飲み物をこぼしてしまいました。

go.men.na.sa.i. no.mi.mo.no.o.ko.bo.shi.te.shi.ma.i.ma.shi.ta.

對不起。我把飲料打翻了。

スープをこぼして
sū.pu.o.ko.bo.shi.te
湯打翻了

お箸を落として
o.ha.shi.o.o.to.shi.te
筷子掉了

スプーンを落として
su.pūn.o.o.to.shi.te
湯匙掉了

フォークを落として
fō.ku.o.o.to.shi.te
叉子掉了

ナイフを落として
na.i.fu.o.o.to.shi.te
刀子掉了

お皿を割って
o.sa.ra.o.wa.tte
盤子打破了

お茶碗を割って
o.cha.wan.o.wa.tte
碗打破了

コップを割って
ko.ppu.o.wa.tte
杯子打破了

グラスを割って
gu.ra.su.o.wa.tte
玻璃杯打破了

会話1 (178)

A：あ！どうしよう。

B：お客（きゃく）さま、どうしましたか。

A：ごめんなさい。コップを割（わ）ってしまいました。

B：大丈夫（だいじょうぶ）です。おけがはありませんか。

A：ありません。

B：すぐ片付（かたづ）けますので、コップのかけらにご注意（ちゅうい）ください。

A：哎呀！怎麼辦？
B：請問您怎麼了嗎？
A：真的很抱歉，我不小心打破杯子了。
B：沒關係。不知您有沒有受傷？
A：沒有。
B：我會馬上清理，請小心杯子碎片。

このレストランは**サービス**が本当(ほんとう)にいいです。

ko.no.re.su.to.ran.wa.sā.bi.su.ga.hon.tō.ni.ī.de.su.

這間餐廳的服務真的非常好。

料理(りょうり)
ryō.ri
料理

内装(ないそう)
na.i.sō
裝潢

雰囲気(ふんいき)
fun.i.ki
氣氛格調

評判(ひょうばん)
hyō.ban
評價

佐藤(さとう)さんはこの店(みせ)の**シェフ**で、腕前(うでまえ)は大(たい)したものです。

sa.tō.san.wa.ko.no.mi.se.no.she.fu.de, u.de.ma.e.wa.ta.i.shi.ta.mo.no.de.su.

佐藤先生是這間店的主廚，他的手藝很厲害。

コック
ko.kku
廚師

料理長(りょうりちょう)
ryō.ri.chō
料理長

板前(いたまえ)
i.ta.ma.e
師傅

この店(みせ)はメニューが多(おお)くて気(き)に入(い)ります。

ko.no.mi.se.wa.me.nyū.ga.ō.ku.te.ki.ni.i.ri.ma.su.

我喜歡這間店的菜單有多種選擇。

料理(りょうり)のボリュームがすごくて

ryō.ri.no.bo.ryū.mu.ga.su.go.ku.te

料理的份量多

新鮮(しんせん)な食材(しょくざい)を使(つか)っていて

shin.sen.na.sho.ku.za.i.o.tsu.ka.tte.i.te

使用的新鮮食材

スペースが広(ひろ)くて

su.pē.su.ga.hi.ro.ku.te

空間寬敞

席(せき)が多(おお)くて

se.ki.ga.ō.ku.te

座位多

予約(よやく)が便利(べんり)で

yo.ya.ku.ga.ben.ri.de

訂位方便

値段(ねだん)が安(やす)くて

ne.dan.ga.ya.su.ku.te

價錢實惠

作(つく)り方(かた)がユニークで

tsu.ku.ri.ka.ta.ga.yu.nī.ku.de

做法獨特

サービスが素早(すばや)くて

sā.bi.su.ga.su.ba.ya.ku.te

上菜迅速

181

この店(みせ)のオーナーは親切(しんせつ)な人(ひと)です。

ko.no.mi.se.no.ō.nā.wa.shin.se.tsu.na.hi.to.de.su.

這家店的老闆是個親切的人。

マスター
ma.su.tā
老闆（負責人）

マネージャー
ma.nē.jā
（店）經理

シェフ
she.fu
主廚

店長(てんちょう)
ten.chō
店長

店員(てんいん)
ten.in
店員

気前(きまえ)がいい ki.ma.e.ga.ī 大方的	面白(おもしろ)い o.mo.shi.ro.i 風趣的
楽(たの)しい ta.no.shī 快樂的	素敵(すてき)な su.te.ki.na 很棒的
派手(はで)な ha.de.na 誇張華麗的	かっこいい ka.kko.ī （酷）帥的
かわいい ka.wa.ī 可愛的	美(うつく)しい u.tsu.ku.shī 美麗的

ウェイター/ウエートレス
uei.tā / u.ē.to.re.su
男服務生 / 女服務生

会話1 (182)

A：本日(ほんじつ)のお食事(しょくじ)はいかがですか。味(あじ)の方(ほう)はお口(くち)に合(あ)いますか。

B：とてもおいしいです。メインコースもデザートもどちらもおいしいです。

A：私(わたし)どものサービスについて、ご満足(まんぞく)して頂(いただ)けましたでしょうか。

B：スタッフの方(かた)もとても親切(しんせつ)で、料理(りょうり)を出(だ)すスピードも速(はや)いです。

A：お褒(ほ)めのお言葉(ことば)、ありがとうございます。

A：今天用餐愉快嗎？菜餚符合您的口味嗎？
B：非常好吃，不管是主菜或是甜點都很美味。
A：那對我們的服務也都滿意嗎？
B：您們的態度很親切，上菜的速度也很快。
A：多謝您的誇獎。

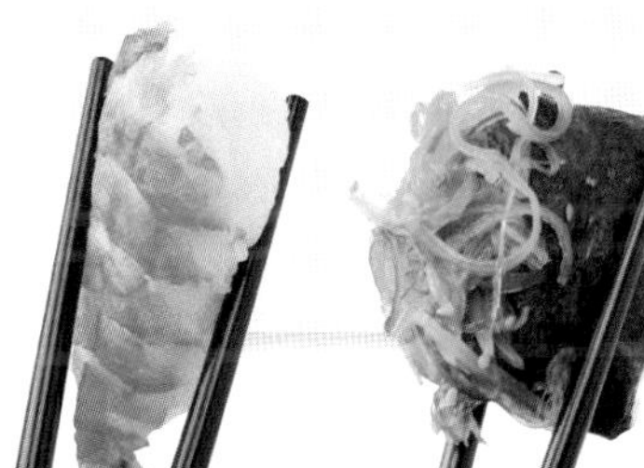
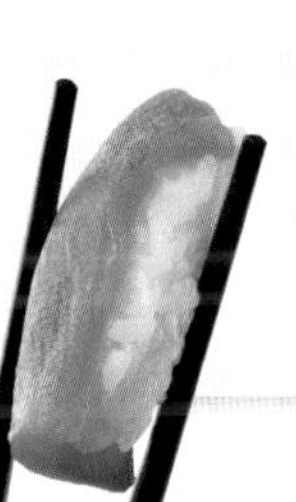

メニューには英語版(えいごばん)もあったほうがいいと思(おも)います。

me.nyū.ni.wa.e.i.go.ban.mo.a.tta.hō.ga.ī.to.o.mo.i.ma.su.

我覺得菜單也要有英文版會比較好。

写真(しゃしん)
sha.shin
照片

説明(せつめい)
se.tsu.me.i
說明

人気(にんき)ランキング
nin.ki.ran.kin.gu
人氣排行榜

屋外席(おくがいせき)もあると更(さら)にいいでしょう。

o.ku.ga.i.se.ki.mo.a.ru.to.sa.ra.ni.ī.de.shou.

如果有露天座位會更好。

喫煙席(きつえんせき)
ki.tsu.en.se.ki
吸菸區

テイクアウト
tē.ku.a.u.to
外帶

デリバリー
de.ri.ba.rī
外送服務

オンライン予約(よやく)
on.ra.in.yo.ya.ku
網路訂位

会話1 184

A：ここのメニューは単品（たんぴん）がほとんどなので、セットメニューの選択（せんたく）もできればもっといいと思（おも）います。

B：はい、ご親切（しんせつ）にどうもありがとうございました。今後（こんご）はランチタイムのセットメニューを計画（けいかく）したいと思（おも）います。

A：這裡的菜色都是單點，如果也有套餐的選擇會更好。

B：是的，感謝您親切地給予建議。未來我們計畫在午餐時段推出套餐組合。

8

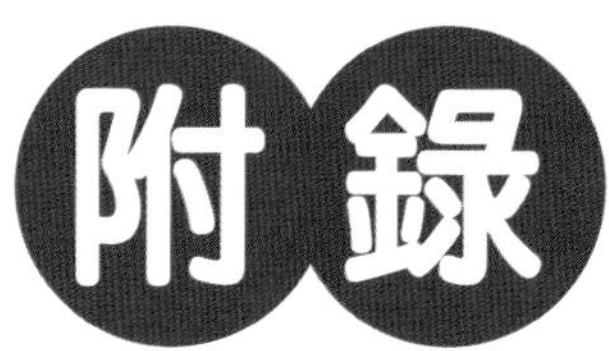

日本的1~12月傳統節慶美食

在日本，依照區域的不同，一年之中有各式各樣的例行節慶日，有些節慶日會吃特別的食物來慶祝或是祈福祭祀，在這裡列舉代表性的節慶美食供作參考。

January 1月

1日-お正月（しょうがつ）

御節料理（おせちりょうり）

年菜基本上要作以三種不同方式烹調的祝賀菜餚，包含了燉滷物、醋漬物、燒烤物。依據地區習俗的不同，年菜的內容物組合也不盡相同，日本的年菜大部分都被料理成可以放個幾天不會腐壞。

做好的菜餚會被漂亮的擺盤至一個叫作「重箱」的盒子裡，有些家庭會製作好幾層的豪華年菜。另外，在關西地區會放入一種叫作「睨み鯛（にらみだい）」的整條鯛魚，且三日之內都不可以用筷子夾用。

お雑煮（おぞうに）

日本人在正月的1日～3日這三天的早上，要煮加了麻糬、豆腐、芋頭、菠菜、魚板等的什錦湯來祝賀新的一年的到來。「**お雑煮**」是湯料理的一種，正月吃的「お雑煮」會依地區的不同，或是不同家庭的口味喜好，選擇的食材跟調味也不一樣。

お屠蘇（おとそ）

一種在正月裡喝的酒，用來驅除一年中的妖魔鬼怪及祈求長壽。屠蘇以屠蘇散和日本酒、味醂等調製而成，盛在三個疊起來的大中小碟子裡。在元旦的早上由依由年幼者開始喝起並依序傳給年長者。有的區域則是喝日本酒亦可。

七草粥（ななくさがゆ）

七草粥是指在正月七日，用七種春天的鮮嫩蔬菜煮成的鹹粥。據說吃了這粥後可以在那一整年中，避免任何病痛的困擾。也有一說是為了讓在正月期間吃太多大魚大肉或是喝太多酒的胃可以稍稍舒緩一點。

11日-鏡開き（かがみびらき）

鏡開き（かがみびらき）

「**鏡開き**」或是「**鏡割り（かがみわり）**」是指將正月裡供奉給神明或是祖先的年糕煮來吃。據說吃了拜過神明的年糕可以整年消災解厄無病痛纏身。年糕要用木槌等工具敲碎，禁忌是要避免用刀子切，因為有切腹的不吉利聯想，也要避免說打破「割る（わる）」（打破）而要說打開「開く（ひらく）」，傳說中敲開的碎片越多則整年越豐收。

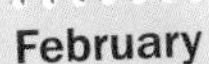

February 2月

3日頃-節分（せつぶん）

福豆（ふくまめ）

「**節分（せつぶん、せちぶん）**」本來是指春夏秋冬各個季節的開始之日（也就是立春立夏立秋立冬）的前一天。節分意指換季。在江戶時代以來就是指立春（西曆的2月3~5日之間）的前一天，立春是冬去春來、春暖花開，意即一年重要的開始的日子。

而在這天的前一天，傳統習俗是要一邊大聲說「福は内、鬼は外（ふくはうち、おにはそと）- 福在內、鬼在外」，一邊在家中灑「**福豆**」，然後再吃下跟自己年齡一樣多的豆子（或者也可以多吃一顆）就可以整年平安消災解厄。

March 3月

3日-雛祭り（ひなまつり）

雛ずし（ひなずし）、ちらし寿司（ちらしずし）、菱餅（ひしもち）

祭拜雛人形偶有將自身厄運轉移至人偶身上的意思，而和雛人形偶一起祭飾的菱餅用綠、白、紅三色製作來表示大地、雪和桃花。

在女兒節應該要吃的食物有「菱餅（ひしもち）」（紅白綠三色菱形餅）、「雛あられ（ひなあられ）」（女兒糖）、「ちらし寿司」（散壽司）、鯛魚或是蛤蜊的湯料理等。

8日-花祭り

甘茶（あまちゃ）

４月８日是釋迦摩尼佛的生辰紀念日，據說因為釋迦摩尼佛出生時，同時有９條龍一起噴出清澈的水柱在他身上，因此每年到了這一天，在寺廟裡會用各式各樣的花草裝飾，且會準備注滿甜茶的浴佛桶，在那個桶子的中央安置剛誕生的佛陀之像，並將甜茶用杓子淋在上面作祈福祝禱。

【甜茶】一種將繡球花的嫩葉蒸揉過、乾燥後的茶，也就是烘培過的煎茶。此茶的色澤為黃褐色並帶甘甜味。

5日-端午の節句

柏餅（かしわもち）、菖蒲酒（あやめざけ）、ちまき

五月這個時期是菖蒲及艾草的時期，因此也被稱作「菖蒲の節句（あやめのせっく）」。

每年到了端午節這一天，為了驅散一年的病痛跟厄運，會在家門口插上菖蒲及艾草，會吃粽子及柏餅來求邪氣退散及福報降臨。日本家庭有在端午節這天為家中男孩祈福的習俗，為了祈禱男孩子可以健康地成長，會在自家掛上「鯉幟（こいのぼり」（鯉魚旗幟），並擺設出盔甲裝飾及武士人偶來作為祝禱祈福之用。

到了今天，端午的節日已經變成日本的兒童節，是國定假日。

7日-七夕（たなばた）

そうめん

在七夕，白又長的素麵被看作是天上織女的細線，這天吃了素麵則可以像織女一樣作紡織針線活很靈巧。

還有，在七夕這一天會寫裝飾在竹子上的文字短籤，通常會寫一些有關學業或是身體健康等的祈禱詞，希望願望可以實現。

20日頃-土用（どよう）

うなぎ

民間傳說若吃了有「丑の日（うしのひ）」的「う」字發音開頭的食物就可以無懼炎炎酷夏的悶熱。為了可以度過炎夏時期導致的身體倦怠感，從江戶時代開始有了在夏天的「**土用の丑の日**」裡食用鰻魚回復精力的習俗。

「**土用**」是指「立夏、立秋、立冬、立春」的前18天，在此18天內的丑日就是「**土用の丑の日**」，現在提到「**土用の丑の日**」一般指夏天裡的那一天。

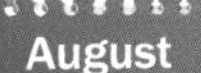

8月

3～16日-お盆（ぼん）

安部川餅（あべかわもち）

日本的「お盆（おぼん）」類似我們的中元節。

在日本有些地區會在這一天在寺廟內集結男女老少來跳一種「盆踊り（ぼんおどり）」的日式傳統舞蹈。這是為了慶祝可以在地獄裡免受刑苦的亡者而跳的喜悅之舞。有些地區會供奉「精霊馬（しょうりょううま）」或是供奉「安倍川餅」，各地風俗不盡相同

September

9月

9日-重陽（ちょうよう）の節句（せっく）

15日-十五夜（じゅうごや）

菊花酒（きくかしゅ）

也被稱作「菊の節句（きくのせっく）」的重陽節，原本是中國才有的節慶習俗，後來也流傳到了日本。在這一天會將花浸在酒裡飲用及吃栗子飯來祈禱可以延年益壽、長年不老。

月見団子（つきみだんご）、里芋（さといも）、栗（くり）

在農曆的8月15，在日本稱為「十五夜」或「中秋の名月」。在這一天，是秋天的季節，會在看得見月亮的地方設置祭壇，準備丸子和芋頭及當年剛採收的農作果物，綴以芒草來供奉神明。

還有，在約莫一個月後的十三夜裡還要準備毛豆和栗子來供奉祭拜，因此稱此月為「**豆名月**」或是「**栗名月**」。

「月見（つきみ）」指的是賞月。近來也被用於形容外觀形狀或是顏色像滿月的料理。

November

11月

15日-七五三（しちごさん）

千歳飴（ちとせあめ）

在日本自古以來認為「奇數是大吉大利之數」。而同時，從幼兒開始到兒童的這段期間被認為是孩童最重要的成長期，因此家中的小男孩在３歲和５歲時和小女孩是３歲和７歲時的這一天要穿著美麗的和服去神社參拜，祈求神明庇佑及守護其健康成長。而這一天要吃所謂的千歳糖來表示可以長命百歲、福氣多多。

December
12月

２３日頃–冬至

かぼちゃ料理、こんにゃく

冬至這天的白晝是一年之中最短的，以這天為分界點，之後的白晝時間又會漸漸地變長。傳說在這天吃南瓜不但可以免除病痛纏身之困擾，還有若吃了帶有「ん」發音的食物可以招至幸運降臨。而此日必吃的南瓜的日文發音除了唸成「かぼちゃ」，也可唸成「なんきん」。

特別的是據說吃蒟蒻有將身體的痧去除的功效，在接近一年的尾聲的冬至時期裡將滯留在身體的的痧好好地大掃除一番是有其必要的，也因此有了在這天吃蒟蒻的風俗習慣。

３１日–大晦日

年越しそば（としこしそば）

在歲末的最後一天「大晦日（おおみそか）」（除夕）要一邊守歲一邊吃「年越しそば」（跨年蕎麥麵）。而過年吃的長長的蕎麥麵有象徵生命健康長壽、家運悠長之意涵，而且蕎麥麵比起其他麵類更容易斷裂，也象徵會更跟過往的不好厄運從此一刀兩斷。

根據地區的不同，跨年蕎麥麵也可以替換成「年越しうどん（としこしうどん）」（跨年烏龍麵）。

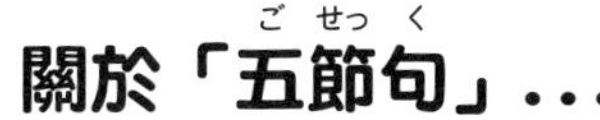

關於「五節句」...

指一整年的節慶日，且必須要遵循傳統習俗行事的日子。
日本整年有五個「 節句」如下：
1月7日・・・人日（じんじつ）→ 七草粥
3月3日・・・上巳（じょうし）→ 桃花酒
5月5日・・・端午（たんご）→ 柏餅（江戶以前是「ちまき」）
7月7日・・・七夕（たなばた / しちせき）→ そうめん
9月9日・・・重陽（ちょうよう）→ 菊酒

日本各地的代表性美食與食材

日本有些美食或食材不但全國知名，有些甚至名氣大到飄洋過海到世界各地，成了名符其實的日本之光，在這裡精選介紹一些不能不知的名產，下次有機會到日本各地旅遊時，就不會遺憾錯過這些好味道了。

好用詢問句型

記住右邊兩個最常用的問法就可以輕鬆的詢問當地人有什麼好買好吃地在地美食了。

千葉県(ちばけん)の定番(ていばん)お土産(みやげ)は何(なん)ですか？

千葉縣的非買不可的伴手禮是？

北海道(ほっかいどう)の名物(めいぶつ)って何(なん)ですか？

北海道的名產是什麼？

じゃがいも

北海道產的馬鈴薯特別優良，而使用馬鈴薯製成的食品更是不計其數，其中最近最夯的人氣商品就是一種名為「ジャガッポックル」的薯條零食。這個產品的主要食材選用在北海道的美瑛所栽種的馬鈴薯和海鹽來製作。由於口味大受好評且限量限地販售（只在北海道販售），因此一推出就被搶購一空，很難買到手，是用在地嚴選食材作出來的夢幻人氣零食。

北海道其他廣為人知的還有玉米、味噌拉麵、巧克力、牛奶、毛蟹...等。

白い恋人(しろいこいびと)

從昭和51年(1976)12月開始販售白色戀人餅乾，為了維持其名產魅力，只在北海道限定販售（不過由於名氣太過響亮，在成田國際機場有特定的專櫃可以買到）。而其浪漫的名稱由來據說是當時的創辦人在滑雪時隨口講了一句「白い恋人たちが降ってきた」就這樣決定了這個餅乾的品牌名稱。直到現在，這個名稱的有趣由來還持續被印在餅乾盒裡喔！

夕張(ゆばり)メロン

在北海道的夕張市限定約135戶的農家才有資格種植的夕張哈密瓜，其瓜皮上的網格分佈、外觀的形狀、大小、果肉的顏色、散發出的香氣等，嚴格的被分類為「特秀」、「特秀」、「優」、「良」四種等級。夕張哈密瓜在日本舉國聞名，從栽種到評等的過程都非常嚴苛，而這一切都是為了保有夕張哈密瓜是北海道第一高級名產的頭銜。

コシヒカリ

新潟縣以米作為中心，越光米的收穫量為日本第一。而且特別在魚沼這個地方所栽培的「魚沼產コシヒカリ」，是日本評價第一的冠軍米，因此也有日本第一米的美稱。整個新潟縣跟米有關聯的相關產品如米菓、煎餅等的產量也是日本第一多。

飛驒牛

「飛驒牛」指的是主要養殖在岐阜縣的飛驒這個地方的黑毛和牛。有趣的是「飛驒牛」在變成食用牛肉之前日文要唸作「ひだうし」，而在變成食用牛肉之後日文發音則要唸成「ひだぎゅう」。

在青森縣誕生的富士蘋果，是世界上生產量最多的蘋果品種。吃起來不但香甜多汁且比起一般品種少了酸味。清脆的口感和採收後能夠保存良久是特色之一，而「富士」也是日本的蘋果當中最具代表性的品種。

落花生（らっかせい）

千葉縣的花生全國馳名，也是千葉縣代表性的農產品之一。當初在千葉有一位叫做「金谷総蔵」的花生栽培先驅者，將花生在千葉貧瘠的土地上成功地廣為栽種，「金谷総蔵」不但因此被表揚，甚至還立了一個「落花生の碑」。

巨峰（きょほう）ブドウ

巨峰是葡萄品種的一種。

在山梨縣，巨峰這種品種的葡萄產量是全國最多的。而巨峰葡萄跟其他品種的葡萄比起來，果實比較大，甜度也比較高，有「葡萄之王」的稱號。

千葉縣的「ふさの香」、靜岡縣的「紅ほっぺ」、群馬縣「弥生姫」都是有名的品種。

イチゴ狩（が）り

2月、3月是草莓最好吃的季節，這時去有開放現場採收的草莓園，不但可以享受親自摘收的樂趣，也可以現場品嚐吃到飽。而除了採草莓外，也可以順便繞到其他有開放摘採的水果或農作物的農場，體會新鮮收穫的樂趣。

其他現場摘採田園樂趣

さくらんぼ狩り - 採櫻桃，大約每年五月的黃金週休開始是採收季節。

竹の子狩り - 採竹筍，4月中旬到5月上旬。

山菜狩り - 採野菜，4月～6月。例如ワラビ(蕨菜-類似台灣過貓菜)等。

讃岐（さぬき）うどん

自古以來香川縣產的小麥、鹽、醬油等擁有良好的品質，以這些素材做出的「**讃岐うどん**」除了是當地名產外，「**讃岐うどん**」也是眾多烏龍麵品牌裡的最高級品。也因為「**讃岐うどん**」的超級魅力吸引眾多觀光客造訪香川縣，2011年開始香川縣全力推廣名產烏龍麵，朝獨一無二的「うどん県」邁進。（**讃岐是現在香川縣的舊名**）

宇治茶（うじちゃ）

是以宇治市為中心，在京都府南部地區所生產的高級日本茶。

松阪牛（まつさかうし）

「**松阪牛**」指的是以三重縣的松阪市為中心地區所飼養的未經生產過的黑毛和種雌牛。松阪牛有最高級口感，是眾多品種牛肉裡的高級品，其肉質細膩，油花分布均勻，吃起來的口感層次豐富。「**松阪牛**」的日文發音正確念法為「まつさかうし」，但一般人多半唸為「まつざかぎゅう」。

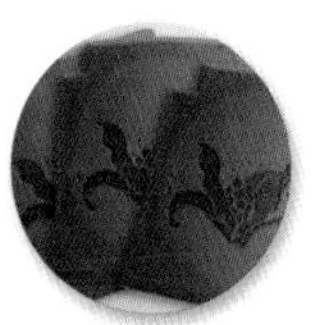

瓦（かわら）せんべい

瓦片煎餅（仙貝）是香川縣高松市知名的在地和菓子，是以屋頂的瓦片來作為模型的煎餅。

モモ

岡山縣不但是水果的王國，其出產的「**清水白桃**」更是白桃中的最高級品，優良品種中的最優良品種。熟成的「清水白桃」會散發高雅芬芳的香氣，且果肉的口感細緻綿滑柔順，一口咬下多汁又香甜，不過雖然好吃的魅力令人無法擋，但是相對的價格也是非常昂貴的。

もみじ饅頭（まんじゅう）

日本賞楓葉的知名三景之一的安芸之宮島的名產，是廣島縣的代表性土產，在日本全國有高度的知名度。

みかん

愛媛縣內的各地以種植柑橘類農產品居多，產量也居全日本之冠。其中又以主要產地在愛媛縣的「**伊予柑（いよかん）**」最為有名，另外還有奇異果跟栗子也因品質優良而全國知名。

まんじゅう、羊羹（ようかん）

在高知縣當地的知名和菓子有「都饅（みやこまんじゅう）－**都饅頭**」及「いもようかん － 芋頭羊羹」等。

カステラ

蜂蜜蛋糕的始祖發源地是長崎，所以被冠上「長崎カステラ」的名稱。所謂的「カステラ」就是將雞蛋打到發泡並和上小麥粉、砂糖的甜點，其外觀一般以正方形又或者是長方形較為常見，蛋糕體吃起來的口感很濕潤。另外還發展出了鮮奶、抹茶、黑糖、巧克力、起司等多種口味的選擇。

辛子明太子、博多ラーメン

福岡縣的名產「辛子明太子（からしめんたいこ）-辛辣明太子」是以鱈魚卵加上辣椒下去醃漬的醃漬物。跟博多拉麵一樣都是博多（福岡縣福岡市）的名產，特別是作為整個日本九州地區的知名土產廣為人知。

ゴーヤー、泡盛

「ゴーヤー/ニガウリ－苦瓜」是沖繩著名的特有蔬菜，跟台灣的白苦瓜略有不同是顏色偏綠。沖繩是日本唯一有著熱帶和亞熱帶氣候的縣市，因此也產芒果、火龍果、甘蔗等的熱帶物產。另外「**焼酎**」的「**泡盛（あわもり）**」也是名產之一。主要是以秈稻為原料將放入黑麴菌來發酵的蒸餾酒。

サツマイモ、サヤインゲン、鹿児島茶、鰹節

鹿兒島縣也是日本數一數二的農業縣。最主要且知名的農產品為「**サツマイモ** - 番薯」、「**サヤインゲン** - 四季豆」、「**鹿児島茶**（かごしまちゃ）- 鹿兒島茶」，及盛產跟靜岡縣齊名的「**鰹節**（かつおぶし）-柴魚片」等等。另外，鹿兒島的養豬業也是全國赫赫有名，講到鹿兒島80%的日本人立刻會聯想到「豬」，養豬業已儼然變成鹿兒島縣的代名詞。

早餐 p.22

鬆餅 材料（3片分）

低筋麵粉	150g	雞蛋	1個
泡打粉	2小匙	牛奶	130ml
砂糖	40g	油	少許

1. 在料理盆中混合低筋麵粉、泡打粉、砂糖。
2. 將蛋打入另外一個料理盆中，加牛奶攪拌均勻。
3. 在（1）料理盆中加入（2），利用打泡器充分混合打成滑順的麵糊。
4. 加熱平底鍋，倒入麵糊，大約煎3分鐘，表面出現氣泡小洞時翻面，小火再煎2分鐘，膨起後就離火。
5. 盛入餐具上，單面塗上奶油，淋上楓糖就完成了！

午餐 p.70

咖哩飯 材料（4片分）

五花豬肉	300g	水	800ml
紅蘿蔔	1根	咖哩塊	4人份
馬鈴薯（中）	2個	飯	4人份
洋蔥（中）	2個	橄欖油	2大匙
大蒜	適量		

1. 豬肉、紅蘿蔔、馬鈴薯切成容易入口的大小。
2. 在平底鍋裡加入橄欖油，用小火炒香大蒜，之後加入豬肉、紅蘿蔔、馬鈴薯翻炒。
3. 材料炒熟後加入水煮15～20分鐘。
4. 暫時關火加入咖哩塊，咖哩塊溶解後再開小火煮4～5分鐘。。
5. 飯盛入盤中，淋上咖哩就完成了！

晚餐 p.124

蝦子蘆筍番茄義大利麵 材料(2片分)

義大利麵	160g	大蒜	2片
蝦子(帶殼)	10尾	橄欖油	1大匙
青蘆筍	4枝	鹽	1大匙
番茄(大)直徑7cm左右	1個	高湯粉	1大匙

1. 將蝦子去殼、去腸泥;用刨板器削青蘆筍根部硬皮後,斜切。番茄切成容易食用大小。
2. 開始煮義大利麵。
3. 平底鍋裡加入橄欖油,用小火翻炒大蒜、蝦子、青蘆筍,炒熟後將蝦子、青蘆筍盛出來。
4. 在平底鍋裡加入一大匙煮義大麵的水以及番茄,番茄煮爛收汁後,再次加入(3)的蝦子、青蘆筍,煮2～3分鐘。加入鹽及高湯粉調味。
5. 在(4)中加入煮好的義大麵,開大火充分混合後,就完成了!

下午茶 p.142

蜜桃奶酪蛋糕 材料(杯子3～4個)

奶油起司	200g	餅乾	適量
牛奶	200ml	吉利丁	7g
砂糖	50～60g	裝飾用蜜桃罐頭	1/2罐
檸檬汁	1小匙		

1. 吉利丁用水軟化備用。
2. 鍋中加入奶油起司、牛奶、砂糖,開火,加熱到人體肌膚溫度後關小火,加入吉利丁,用攪拌匙拌到完全混合。
3. 細細弄碎的餅乾放入杯底。
4. 在玻璃杯中倒入(2),將氣泡弄破後冰入冰箱1小時凝固。
5. 凝固後,上面放上裝飾蜜桃就完成了!

消夜 p.156

茶泡飯 材料（2人份）

飯	二人份	茶	適量
鹹鮭魚	1～2片	辛香佐料	適量

1. 鮭魚兩面煎至上色。
2. 碗裡盛飯，上面放上弄散的鮭魚，注入熱茶。
3. 依個人喜好放上辛香佐料，就可以吃了！

* 依個人喜好使用番茶、煎茶或是焙茶，但是茶要準備熱騰騰的熱茶。

** 依個人喜好加入蔥花、芝麻、山葵等等辛香料。

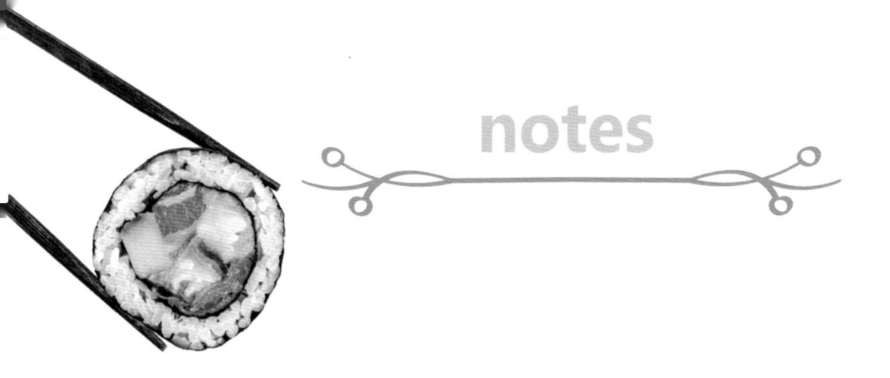

notes

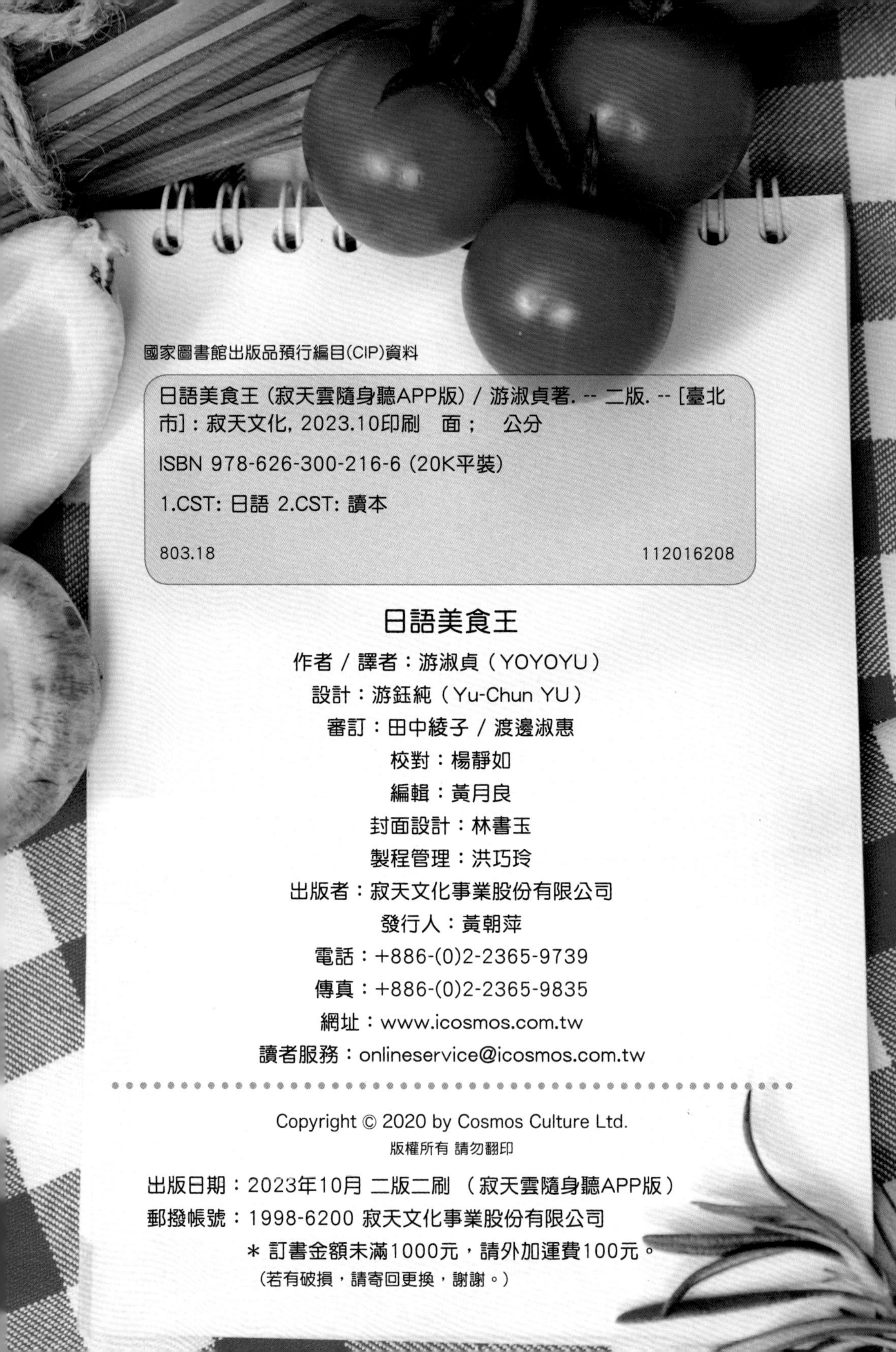

國家圖書館出版品預行編目(CIP)資料

日語美食王 (寂天雲隨身聽APP版) / 游淑貞著. -- 二版. -- [臺北市]：寂天文化, 2023.10印刷　面；　公分

ISBN 978-626-300-216-6 (20K平裝)

1.CST: 日語 2.CST: 讀本

803.18　112016208

日語美食王

作者 / 譯者：游淑貞（YOYOYU）

設計：游鈺純（Yu-Chun YU）

審訂：田中綾子 / 渡邊淑惠

校對：楊靜如

編輯：黃月良

封面設計：林書玉

製程管理：洪巧玲

出版者：寂天文化事業股份有限公司

發行人：黃朝萍

電話：+886-(0)2-2365-9739

傳真：+886-(0)2-2365-9835

網址：www.icosmos.com.tw

讀者服務：onlineservice@icosmos.com.tw

出版日期：2023年10月 二版二刷 （寂天雲隨身聽APP版）

郵撥帳號：1998-6200 寂天文化事業股份有限公司

＊ 訂書金額未滿1000元，請外加運費100元。

(若有破損，請寄回更換，謝謝。)